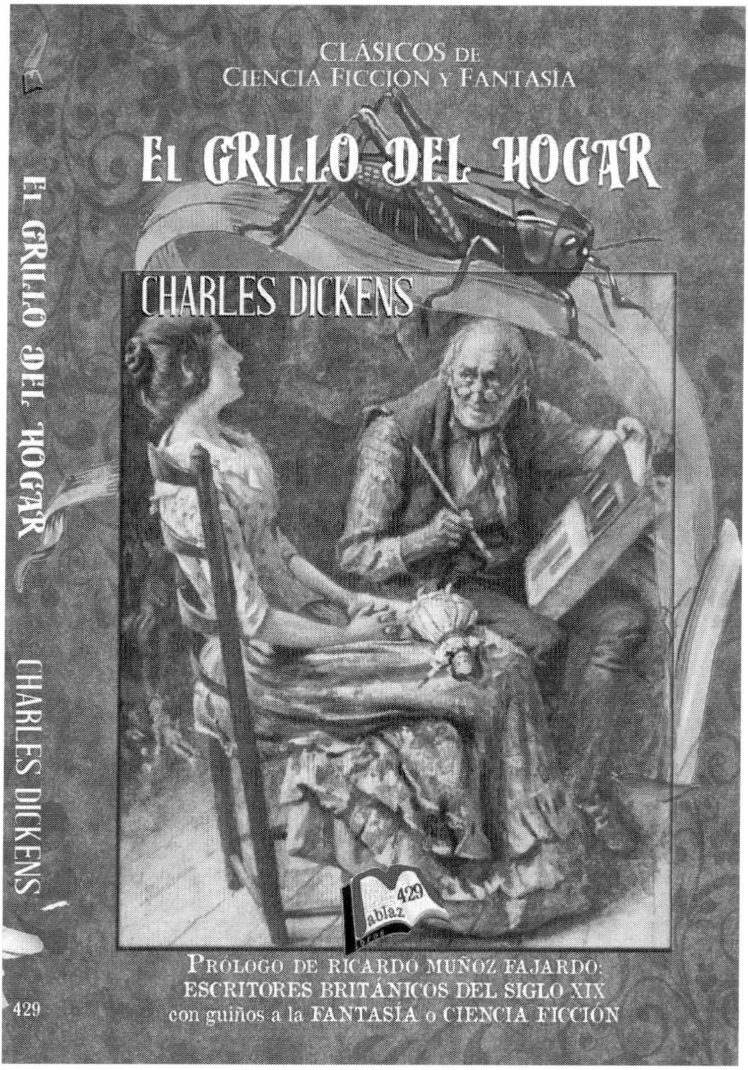

EL GRILLO DEL HOGAR

CHARLES DICKENS

EL GRILLO DEL HOGAR

CHARLES DICKENS

429

PRÓLOGO DE RICARDO MUÑOZ FAJARDO:
ESCRITORES BRITÁNICOS DEL SIGLO XIX
con guiños a la FANTASÍA o CIENCIA FICCIÓN

Ciencia Ficción y Fantasía - 159

El grillo del hogar
Primera Edición, noviembre de 2025

© Libros Mablaz, Madrid

© De esta edición, Libros Mablaz, Madrid

blogs:
Editorial Libros Mablaz
http://editoriallibrosmablazycienciaficcion.blogspot.com.es/
Ciencia ficción y fantasía en Libros Mablaz:
http://mablazlibros.blogspot.com.es/
Librería en Todocolección:
https://www.todocoleccion.net/s/catalogo?identificadorvendedor=LibrosMablaz

Diseño de cubiertas: Mari Carmen López

ISBN: 979-13-991135-5-6
Depósito Legal: M-26102-2025

LIBROS MABLAZ - 429

El grillo del hogar

Charles Dickens

ablaz

Prólogo: Escritores británicos del siglo XIX con guiños a la fantasía o ciencia ficción

Por primera vez desde que Libros Mablaz reedita clásicos de fantasía y ciencia ficción, de las que ha hecho casi cien, un prólogo va a ser prácticamente una relación de autores británicos de esos géneros, de los que daremos los datos básicos y la novela, el cuento o el relato que están publicados por la editorial y los que están en su órbita, para publicarlos en el futuro.

El orden será cronológico de acuerdo a la fecha de nacimiento de cada escritor y se incluyen a los irlandeses en los tiempos en que la isla pertenecía al Imperio.

Francis Bacon (1561-1626), más científico que de las otras cosas de las que mostró aptitudes, expuso el empirismo que predicaba en una única novela del género, *La nueva Atlántida* (1626), publicada por nuestra editorial.

Francis Godwin (1562-1633), cuenta también con una única obra de protociencia ficción, *Aventuras de Domingo González en su extraño viaje al mundo lunar* (1673).

Jonathan Swift (1667-1745), el primer irlandés que se cita, además de la archiconocida Los Viajes de Gulliver (1725), Libros Mablaz ha reeditado otra obra suya, *Cuento de un tonel* (1704), de la que los críticos de la época dijeron que era mucho mejor novela que la anteriormente citada.

William Beckford (1760-1844) cuenta con una obra relevante, *Vathek* (1782), publicada en principio en francés.

Ann Radcliffe (1764–1823), la reina del terror gótico británico, cuya novela más famosa es *Los misterios de Udolfo* (1794). La que tiene previsto reeditar Mablaz es *El Italiano, o el confesionario de los penitentes negros* (1797), en su afán de sacar a la luz obras menos conocidas de autores conocidos e igual de buenas.

John William Polidori (1795-1821) tuvo la relevancia de con *El vampiro* (1819), creó el modelo del vampiro romántico.

Mary Shelley (1797-1851), muy conocida por su libro *Frankenstein o el moderno Prometeo* (1818), tiene otra novela y relatos cortos y largos más de protociencia de ciencia ficción que de fantasía. La editorial ha reeditado *El último hombre* (1826).

Edward Bulwer-Lytton, (1803-1873) escribió, al igual que casi todos los editores que vamos a citar, cuenta con novelas y relatos de este género —también de otros—, entre los que destaca *La raza venidera* (1871).

Elizabeth Gaskell (1810-1865) tiene varias novelas escritas y publicadas. Mablaz publicará de ella *El cuento de la vieja niñera* (1852), un opúsculo sobre aparecidos.

Horacio Walpole (1717-1797), considerado el rey de la novela gótica —la reina sería Ann Radcliffe— *El castillo de Otranto* (1764), modelo a seguir por muchos escritores de la época.

Llegamos a Charles Dickens (1812-1870), sin duda un autor muy conocido y reconocido que, como todos, tuvo sus fanes y sus detractores. Al primer grupo pertenecen escritores como León Tolstói, George Orwell, G. K. Chesterton y Tom Wolfe, que elogiaron su realismo, su comedia, su estilo de prosa, sus caracterizaciones únicas y su crítica social. En el segundo se pueden incluir Oscar Wilde, Henry James y Virginia Woolf, que criticaron su falta de profundidad psicológica, su escritura floja y su sentimentalismo. En fin, para gustos hay colores, aunque es innegable reconocer la importantísima vigencia de Dickens incluso en el momento actual.

El grillo del hogar, el libro que tienen entre sus manos, una de sus obras menos conocidas es como un cuento, aunque no solo para niños, en que se retrata, en principio, una familia feliz que cuenta con el hombre, su esposa, el hijo de ambos y una niñera. Un grillo canta en el lar y actúa como una especie de custodio de aquel hogar tan bien avenido. Hasta que un día aparece en la vida de la familia un hombre que es un ávaro, que hace todo lo que está en sus manos para quebrar la concordia que reina entre todos, incluso con respecto a la vida de un juguetero que trabaja para él, que además de cónyuge tienen una hija ciega que vive con ellos y un vástago que viajó a Suramérica, del que no tienen noticia y piensan que ha muerto.

Un último personaje aparece en la trama,

un anciano que dice ser allegado del avaro, que se queda a vivir en la casa durante unos días.

Las relaciones entre todos sufren embrollos y malentendidos, que esperemos que al final se resuelvan.

Además de esta historia, a Dickens se le atribuyen algunas otras más en las que inserta una parte de fantasía y otras que lo son casi en su totalidad. Hablamos de *Casa Desolada* (1852), *Cuento de navidad* (1853), *El guardavías* (1866) y otros varios cuentos más.

Lewis Carroll (1832-1898), muy famoso por su duología sobre Alicia (*en el País de las Maravillas* y *A través del espejo*), cuenta con otra obra de parecido nivel, Silvia y Bruno (1899 y 1893), reeditada por Mablaz casi en el mismo instante en que va a ser impreso este.

Charlotte Riddell, o Mrs. J. H. Riddell (1832-1906), irlandesa del Úlster. Que aún hoy en día forma parte del Reino Unido. Narradora prolífica e influyente, destaca entre toda su obra la novela corta *La puerta abierta* (1882).

William Morris (1834-1896), uno de los ideólogos del *Arts and Crafts*, además de sus ideas al mundo artesanal, publicó varias obras de fantasía. De ellas, Mablaz ha reeditado *El bosque del fin del mundo* (1884)

Edwin A. Abbott (1838-1926), un autor que recurrió a la ficción especulativa para publicar *Planilandia, una novela de muchas dimensiones* (1884) una sátira matemática, también vuelta a editar por la editorial.

Thomas Hardy (1840-1928). Aunque normalmente se expresaba en un realismo crudo, destacamos dentro del género *Una mujer soñadora* (finales del siglo XIX).

Anne Crawford (1846–1912) profundiza en el vampirismo con *El misterio de la campiña* (1886)

Abraham, Bram Stoker (1847-1912), natural de Irlanda, famosísimo por *Drácula* (1897), cuenta con varias historias más escritas de terror. Mablaz ha hecho una recopilación de una parte de estos en *El entierro de las ratas y dos historias más* (1928 y más).

Robert Louis Stevenson (1850-1894), otro escritor de fama mundial por *La isla del tesoro* (1883), no se limitó a redactar una única ficción, sino que cuenta con varias otras más, entre las que la editorial ha publicado *El diablo de la botella* (1891), que cuenta con una trama seudofantástica, más cercana a una novela de aventuras.

James Churchward (1851–1936), basó una parte de su vida en demostrar la existencia de una tierra perdida, que plasmó en un libro, *El continente perdido de Mu* (1926), que aunque pretende ser una obra que demuestre la teoría en la que él creyó con tanta firmeza, en realidad es un texto seudocientífico que se ha de leer como un relato de ficción.

Oscar Wilde (1854-1900), el tercer irlandés que ahora forma la república que le da el gentilicio, imprescindible por *El fantasma de Cantervi-*

lle (1897) y *El retrato de Dorian Grey* (1890) y aunque es cierto que la única novela que escribió fue esta, lo cierto es que tiene una lista de cuentos que giran sobre lo fantástico, de diferente número de páginas, lo que ha propiciado que Mablaz haya publicado *El pescador y su alma* (1891), en el que se han incluido dos cuentos más, uno de ellos *El príncipe feliz*, una de las historias más maravillosas que el autor de este prólogo ha leído jamás.

George McLeod Winsor (1856-1939). Sus novelas de ciencia ficción más conocidas son *Estación X* (1919), que narra una invasión psíquica de la Tierra desde Marte, y *Hombres Desaparecidos* (1926), sobre un científico loco que desarrolla un dispositivo de levitación con el fin de secuestrar a sus víctimas.

James Matthew Barrie, J. M. Barrie (1860-1937), el creador de Peter Pan, creó una precuela de este personaje, titulada *Peter Pan en los jardines de Kensington* (1906), que está dentro del catálogo de publicaciones de Libros Mablaz.

Rudyard Kipling, otro nombre muy popular de la narrativa británica, autor de los dos *Libros de la Selva*, decidió aunar cuatro de sus relatos, él mismo, en un volumen que tituló *El trabajo de cada día* (1898).

Matthew Phipps Shiel, M.P. Shiel (1865–1947), fue un autor prolífico de fantasía. Entre sus obras destacamos *La nube púrpura* (1901).

De Herbert George Wells, H. G. Wells (1866-1946), no hace falta hablar mucho. Tiene muchas novelas conocidas: *La máquina del tiempo* (1895), *La isla del doctor Moreau* (1896), *El hombre invisible* (1897) o *La guerra de los mundos* (1898). Mablaz ha publicado dos obras suyas, buscando entre su reportorio títulos menos conocidos, *Los primeros hombres en la Luna* (1901) y *Una historia de los tiempos venideros* (1899).

William Hope Hodgson (1877-1918), un nombre poco conocido y, al mismo tiempo, una de las mayores influencias en H. P. Lovecraft. Escribió un buen número de ensayos, cuentos y novelas que abarcaron diversos géneros: terror, literatura fantástica y ciencia ficción.

Virginia Woolf (1882-1941) no necesita presentación. La obra que se puede considerar fantástica de su magnífico repertorio es *Orlando: una biografía* (1928).

Olaf Stapledon (1886-1950), del que todos los entendidos destacan el enfoque visionario de la ciencia ficción, en el gusto por la evolución cósmica, la investigación filosófica y el futuro de la humanidad. Una novela imprescindible surgida de su pluma es *Los últimos y primeros nombres* (1930).

Joseph Conrad (1857–1924), autor de la que, para este modesto introductor, es una de las novelas más importantes escritas en el siglo XX... aunque viera la luz en el último año del siglo anterior, *El corazón de las tinieblas* (1899).

En el ámbito de la fantasía hace pinitos, como si no se atreviese a hacer una narración de este tipo que lo sea al cien por cien. La editorial ha publicado de él *El socio* (1907).

Joseph Conrad era o ruso, o polaco, o ucraniano de nacimiento, porque en aquella época el imperio de los zares lo abarcaba todo, también en esa parte de Europa, donde las nacionalidades no dependían de las fronteras, sino de la etnia a la que se pertenecía. Lo cierto es que Józef Teodor Konrad Korzeniowski se convirtió en Josep Conrad hacia el año 1880, cuando se nacionalizó británico.

Conrad es el primer inglés, que se me perdone por hablar de tan solo uno de los cuatro países que componen el actual Reino Unido, que no era originario de esta nación, que adquirió su pasaporte tras cambiar de nacionalidad.

El segundo fue el inconmensurable Henry James (1843-1916), que fue británico durante un solo año, puesto que se acogió a su nueva patria en 1915, en protesta por la neutralidad de su país de origen, Estados Unidos, cuando estalló la 1ª Guerra Mundial. La obra de James no tiene desperdicio alguno. Mablaz ha reeditado *Otra vuelta de tuerca* (1898), de lo mejor de su producción.

Ricardo Muñoz Fajardo

Primer grito

I

Empezó el puchero. No necesito que me contéis lo que la señora Peerybingle dijera; yo me entiendo. Dejad que la señora Peerybingle se pase hasta la consumación de los siglos asegurando la imposibilidad de decidir cuál empezó: yo digo que fue el puchero. Tengo motivos para saberlo. El puchero empezó cinco minutos antes que el grillo, según el relojito holandés de cuadrante barnizado situado en el rincón.

¡Como si el reloj no hubiese cesado de tocar! ¡Como si el *segadorcillo* de movimientos convulsivos y bruscos que lo remata, paseando la hoz de derecha a izquierda y luego de izquierda a derecha ante la fachada de su palacio morisco, no hubiese segado medio acre de césped imaginario antes que el grillo hubiese hecho notar su presencia!

A decir verdad, no fui nunca terco, como todo el mundo sabe. Por nada del mundo opondría mi opinión personal a la opinión de la señora Peerybingle, si no estuviese perfectamente seguro de lo ocurrido. «Nada me induciría a semejante cosa. Pero se trata de una cuestión de hecho, y el hecho es que el puchero empezó por lo menos cinco minutos antes que el grillo hubiese dado señal de vida. Si insistís, apostaré que transcurrieron diez minutos.

Dejarme contar el caso tal como ocurrió. Es lo que hubiera hecho desde la primera frase a no considerar que si cuento una historia debo empezar por el principio, y ¿cómo queréis que empiece por el principio si no empiezo por la vasija?

Parecía que la vasija y el grillo luchaban. Una lucha musical, exclusivamente musical. Vais a saber su origen y sus consecuencias.

La señora Peerybingle había salido al obscurecer de una tarde húmeda y fría, haciendo sonar sus zuecos sobre el empedrado lleno de lodo; por cierto que sus pisadas reproducían groseramente alrededor del patio una porción de figuras circulares de la primera proposición de Euclides. La señora Peerybingle había ido a la fuente a llenar el puchero. De vuelta ya, y quitados los chanclos, que no era poco —por ser los chanclos muy altos y la señora Peery-bingle muy pequeña—, puso el puchero al fuego. Entonces perdió su sangre fría, o por lo menos olvidó la paciencia que la caracterizaba; porque estando el agua fría como el hielo y hallándose en forma de granizo líquido y escurridizo que se infiltra hasta lo más interno de toda substancia, incluso los círculos de hierro que sostienen los chanclos, no había respetado los dedos del pie de la señora Peerybingle, llegando a salpicar sus piernas. Y como precisamente, cuando estamos algo orgullosos de nuestras piernas, y con razón, procuramos con empeño usar medias aseadas, claro está que en principio hallaríamos algo durilla semejante prueba.

Además, el puchero mostraba una obstinación creciente. No quería dejarse acomodar sobre la barra superior de la rejilla; no quería prestarse tranquilamente a las desigualdades del carbón; se inclinaba hacia adelante con modales de borracho, y vertía entretanto el agua sobre el hogar, con insufrible sandez. Hay más: la tapadera, resistiendo a los dedos de la señora Peerybingle, empezó por girar de arriba abajo, y luego con ingeniosa testarudez, digna de mejor causa, se hundió de lado hasta el fondo del puchero. El cascarón del Royal George no hizo para salir del agua la mitad de la resistencia monstruosa que la tapadera opuso a los esfuerzos de la señora Peerybingle, antes que esta pudiese sacarla y colocarla de nuevo en su sitio.

Y aun entonces el desgraciado puchero se mostró huraño y gruñón, poniendo el asa en aire de desafío, y levantando el pico con burlona impertinencia hacia la señora Peerybingle, como si dijese: «No quiero hervir. Nadie me forzará a hervir».

Pero la señora Peerybingle, cuyo buen humor había vuelto, se frotó las manos regordetas para sacudir el polvo, y se sentó riendo ante el pucherillo. No obstante, la alegre llama se elevaba y caía sucesivamente, derramando espléndida claridad sobre el *segadorcito* colocado en lo alto del reloj holandés, de modo que parecía que estuviese pegado allí, inmóvil como un tronco ante el palacio morisco, y que sólo la llama estuviese en movimiento.

Y a pesar de todo, el hombrecito se movía; sufría sus espasmos acostumbrados, por segundo, siempre con la misma regularidad. Pero hay que notar con preferencia que era verdaderamente terrible observar los padecimientos de que era víctima apenas iba a sonar el reloj. Cuando el cuclillo sacaba la cabeza fuera de la abertura del castillo y cantaba su nota seis veces, cada uno de aquellos gritos le trastornaba como si fuese la voz de un fantasma o como si le tirasen de un alambre atado a sus piernas.

Sólo después de una violenta sacudida y cuando el alboroto de las cuerdas y las pesas colocadas debajo de él habían cesado enteramente, el pobre segador, lleno de espanto, iba calmándose poco a poco. Y no temblaba sin razón, porque los estrepitosos esqueletos de relojes, con sus algazaras inquietantes, llegan a desconcertar a una persona mayor, y me extraña mucho que hayan existido hombres, pero sobre todo holandeses, que se hayan complacido en inventarlos. En efecto; según la creencia popular, a los holandeses les gustan las vastas envolturas y los amplios vestidos para cubrirse de arriba abajo, de modo que hubieran obrado muy bien, por analogía, no dejando sus relojes desnudos y sin protección en las regiones inferiores de su individualidad.

Ahora bien; en aquel momento, notadlo bien, fue cuando el puchero empezó el concierto de la velada. En aquel momento el puchero, volviéndose tierno y musical, empezó a dejar oír en su garganta murmullos irresistibles y a permitirse breves ronquidos, que detenía en la primera nota, como si no estuviese seguro de que enlazasen bien con los murmullos. En aquel momento, después de haber realizado dos o tres vanas tentativas para ahogar sus sentimientos expansivos, sacudió todo mal humor, toda reserva, y dejó escapar de pronto un torrente de notas tan alegres, tan gozosas, que ni el ruiseñor estúpido tuvo de ellas la menor idea. ¡Y tan sencillas! Habríais podido comprender aquel canto como un libro, mejor quizá que ciertos libros que vosotros y yo podríamos citar. Con su cálido aliento, exhalado en una ligera nube que subía graciosa y coquetona a una altura de algunos pies y luego quedaba suspendida junto al ángulo de la chimenea, como en su cielo familiar, el puchero prosiguió su canción con tanto arranque y energía, que su cuerpo zumbaba y se zarandeaba de placer sobre el fuego, y la misma tapadera, la tapadera poco ha rebelde —tan potente es la influencia del buen ejemplo—, ejecutó una especie de jiga haciendo un ruido semejante al de un címbalo adolescente, sordo y mudo, que nunca conociera el son de su mellizo.

Indudablemente, el canto del puchero era un canto de invitación y de bienvenida dirigido a alguien de fuera, a alguien que se dirigía en aquel momento hacia el grato rincón doméstico, hacia el fuego que chisporroteaba. La señora Peerybingle lo sabía perfectamente, mientras su imaginación se entregaba a dulces ensueños delante del hogar.

—La noche es negra —cantaba el puchero—; las hojas muertas cubren el camino; arriba reinan la bruma y las tinieblas; abajo no hay más que miserable lodo; no se halla en la atmósfera, triste y sombría, un solo punto en que pueda descansar la mirada, y apenas se ve un fulgor rojo—obscuro y siniestro en la dirección en que imperan el Sol y el viento. No es más que un fuego rojo que marca las nubes para castigarlas por el mal tiempo que causan. El vasto llano, en toda su extensión, es tan sólo una larga faja negruzca de lúgubre aspecto. El poste indicador está cubierto de escarcha. La lluvia congelada hace resbaladizo el camino; más abajo el agua no se ha convertido del todo en hielo, pero ya no es libre; nada conserva su forma natural; pero ¡él viene, él viene, él viene!

Aquí, precisamente en este punto, fue cuando el grillo entró en escena con un crrri, crrri, crrri, de magnífica potencia a coro con el puchero; pero con una voz tan asombrosamente desproporcionada a su estatura —¡su estatura!, era casi invisible—, sobre todo comparándole con el puchero, que si por desgracia hubiese reventado como un cañón excesivamente cargado, cayendo, víctima de su celo, su cuerpecito roto en mil fragmentos, no hubiera parecido sino la consecuencia natural y perseguida con su trabajo afanoso.

El puchero había terminado el solo. Perseveró con ardor constante; pero el grillo se erigió en concertino y se mantuvo en su supremacía. ¡Dios mío, qué modo de gritar! Su voz trémula, aguda y penetrante a la vez, resonaba en la casa y parecía fulgurar como una estrella en medio de la obscuridad que reinaba en el exterior. Notábase en sus notas más elevadas un indescriptible temblorcillo que permitía creer que, arrebatado por la intensidad de su entusiasmo, no permanecía en equilibrio sobre sus piernas y se veía obligado a saltar y brincar. No obstante, marchaban muy bien unidos el grillo y el puchero. El estribillo de la canción era siempre el mismo, y, gracias a su mutua emulación, lo repetían con voz cada vez más fuerte.

La linda oyente —hay que saber que la señora Peerybingle era joven y bonita, aunque tenía una figura de las que suelen llamarse *regordetillas*, lo que no es tacha apreciable, según mi gusto particular—; la linda oyente, pues, encendió una bujía, dirigió una mirada al segador que remataba el reloj y que estaba haciendo una cosecha más que mediana de minutos, y miró por la ventana; pero la obscuridad no le permitió ver más que su cara reflejada en el vidrio. Verdad es —según mi opinión, y según la vuestra también, lo juraría— que en vano habría buscado la señora Peerybingle por algunas leguas a la redonda algo tan agradable como lo que entonces pudo contemplar. Cuando volvió a sentarse en su sitio, el grillo y el puchero se esmeraban todavía en el canto con cierta rivalidad furiosa, siendo indudablemente el lado flaco del puchero la presunción de vencer constantemente.

Notábase entre los dos toda la animación de una carrera. ¡Crrri, crrri, crrri!... El grillo logra una milla de delantera. ¡Hum, hum, hum-m-m!..., el puchero zumba tras él como una gruesa peonza. ¡Crrri, crrri, crrri!..., el grillo dobla la esquina. ¡Hum, hum, hum-mm!..., el puchero se le acerca cada vez más, va sobre sus talones; no hay que temer que suelte su presa. ¡Crrri, crrri, crrri!... El grillo está más floreciente que nunca. ¡Hum, hum, hum-m-m!..., el puchero va poco a poco, pero avanza sobre terreno firme. ¡Crrri, crrri, crrri!... El grillo va a triunfar. ¡Hum, hum, hum-m-m!..., el puchero no le dejará vencer. Hasta que puchero y grillo se mezclaron y se confundieron de tal modo en el desorden y la precipitación de la carrera, que para decidir con algún acierto si el puchero gritaba o el grillo zumbaba, o si, por el contrario, el grillo gritaba y el puchero zumbaba, o si ambos gritaban y zumbaban a la vez, se necesitaba mejor cabeza que la mía y quizá que la vuestra. Pero lo indudable es que el puchero y el grillo, en un solo y único momento y por medio del poder de una combinación que únicamente ellos conocen, enviaron sus consoladoras canciones desde las cercanías del fuego a un rayo de luz que, brillando a través de la ventana, iba a hundirse en el fondo del tenebroso camino, y aquella luz, dando de lleno sobre cierta persona que en el mismo instante avanzaba por aquel lado entre la obscuridad, le explicó toda la cuestión en un abrir y cerrar de ojos —al pie de la letra— y le gritó:

—¡Bienvenido seas a tu casa, antiguo compañero! ¡Bien venido seas, muchacho!

Logrado este fin, el puchero, vencido en toda la línea, derramó furioso su contenido hirviente, y fue apartado del fuego.

II

La señora Peerybingle corrió inmediatamente a la puerta. El ruido de las ruedas de una carreta, el paso de un caballo, la voz de un hombre, las idas y venidas de un perro transportado de gozo, y la aparición, tan sorprendente como misteriosa, de un niño de mantillas, causaban una confusión en medio de la cual era difícil entenderse.

De dónde venía el niño y cómo la señora Peerybingle le tomó en brazos en menos de un segundo, lo ignoro por completo; pero lo cierto es que se veía un niño sano y robusto en los brazos de la señora Peerybingle, que parecía estar no poco orgullosa de él, cuando fue suavemente conducida hacia el fuego por un hombre de robusta musculatura, de mucha mayor edad y estatura que ella, y obligado a encorvarse enteramente para besarla. Pero merecía la pena. Ya se podía descender seis pies, y aun padeciendo de lumbago.

—¡Cielo santo, John! —dijo la señora Peerybingle—. ¡En qué estado habéis llegado por causa del tiempo!

Era innegable, en efecto, que el recién llegado había sufrido su acción. La bruma espesa colgaba de sus cejas en forma de gotas congeladas, semejando estalactitas, y la acción simultánea del fuego y de la humedad hacía aparecer verdaderos arcos iris hasta en las puntas de su bigote.

—Claro está —respondió John lentamente, desenvolviendo una manta que le rodeaba el cuello y calentándose las manos—; claro está, Dot. Como que no estamos precisamente en verano, nada tiene de extraño, Dot.

—Deseo, John, que os acostumbréis a no llamarme Dot; no me gusta semejante calificativo —dijo mistress Peerybingle, haciendo una linda mueca que demostraba claramente todo lo contrario.

—¿Cómo queréis, pues, que os llame? —prosiguió John, dejando caer sobre ella una mirada acompañada de una sonrisa y rodeando su talle con un abrazo tan suave como podía serlo un abrazo de su enorme mano y su brazo de Hércules—. Mi guapa moza con su... No; no quiero decir su guapo mozo, por temor de echar a perder lo que tenía meditado; pero poco me ha faltado para hacer un chiste; no creo que nunca se me haya acercado tanto a los labios.

Según sus afirmaciones, estaba frecuentemente próximo a decir algo muy ingenioso el alto, lento, macizo y honrado John; pero si tenía el cuerpo pesado, no dejaba de conservar un humor juguetón y ligero; si su superficie era ruda, no era menos suave en el fondo; si estaba embotado exteriormente, no cabe duda que su interior era vivo y ágil; en conjunto era algo torpe, ¡pero tan buen muchacho! ¡Madre naturaleza! Concede a tus hijos la verdadera poesía del corazón que se ocultaba en el pecho del pobre mandadero — porque, dicho sea de paso, no era más que un mandadero—, y no los seguiremos sin placer en sus conversaciones en vil prosa, lo mismo que en los episodios de su existencia también prosaica. ¡Aún tendremos que darte las gracias por el solaz que experimentaremos en su compañía!

Daba gusto ver a Dot tan pequeñita y con el niño en brazos, un muñeco, mirando el fuego con aspecto de coquetería soñadora, e inclinando a un lado su delicada cabecita para hacerla descansar de un modo especial, en parte natural y en parte estudiado, en la curtida *caraza* del mandadero. Daba gusto verle a él con tierna torpeza, mientras se esforzaba en adaptar su grosero apoyo a las necesidades de la ligera mujercita, convirtiendo su virilidad ya madura en un bastón de juventud para la edad delicada de su gentil compañera. Daba gusto ver a Tilly Slowboy, la niñera bajita que en el fondo de la habitación esperaba que le entregasen el niño y contemplaba aquel

27

grupo con pura mirada de catorce años, cómo permanecía allí con la boca y los ojazos abiertos, y la cabeza inclinada hacia adelante aspirando con avidez el aire sano de la vida de familia.

Y aún faltaba ver a John el mandadero, que, a consecuencia de una señal que Dot le hizo a propósito del niño, retuvo su mano en el momento de tocarle, como si hubiese temido destrozarle entre sus dedos, y con el cuerpo inclinado se contentó con examinarle atentamente a respetuosa distancia, con mezcla de orgullo y cortedad.

—¿Verdad que es hermoso, John? ¿Verdad que es encantador cuando está dormido?

—Encantador, ya lo creo —dijo John—, y no hace más que dormir, ¿no es así?

—¡No, por Dios, John!

—¡Bah! —murmuró John con aire pensativo—, me había parecido que tenía casi siempre los ojos cerrados. ¡Eh, eh!

—¡Dios mío, John! ¡Qué modo de sacudir al pequeñuelo!

—¡No debe de hacerle bien volver los ojos así! —dijo el mandadero asombrado—. ¡Mirad cómo guiña ambos ojos a la vez! Mirad su boca; la abre y cierra como un pez.

—No merecéis ser padre, no lo merecéis —dijo Dot, con toda la dignidad de una matrona llena de experiencia—. Pero ¿cómo podríais conocer los males que afligen a los niños, John? ¡Ni sus nombres sabéis, tontísimo!

Y después de poner otra vez al niño sobre su brazo izquierdo y de darle una ligera palmada en la espalda, para colocarle mejor, pellizcó, riendo, la oreja de su marido.

—No —respondió John quitándose el ropón—, ciertamente, Dot, no tengo grandes conocimientos en asuntos semejantes. Lo que puedo asegurar es que esta tarde he sostenido con el viento una lucha bastante ruda. Soplaba el noroeste, y ha penetrado en mi carreta durante todo el camino, a mi regreso.

—¡Dios mío! ¡Pobre John! —gritó mistress Peerybingle, que desplegó instantáneamente una actividad prodigiosa—. ¡Aquí, Tilly! Tomad mi preciosísimo tesoro, mientras voy a hacer algo útil. ¡Cielo santo! ¡Creo que le ahogaría a fuerza de besarle! ¿Quieres irte, perrazo mío? ¿Quieres irte, Boxer? Dejad que empiece por haceros el té, John; en seguida os ayudaré a arreglar los paquetes.

Como la abeja diligente,
como la abeja pequeñita...

y lo que sigue, como sabéis, John. ¿Aprendisteis en la escuela la canción: Como la abeja diligente?

—No lo suficiente para dominarla por completo —respondió John—. Estuve una vez próximo a aprenderla toda, pero creo que no hubiera hecho más que estropearla.

—¡Ja, ja, ja! —exclamó Dot, riendo a carcajada suelta, y su risa era la más graciosa y alegre que pueda imaginarse—. ¡Sois el más adorable badulaque del mundo!

Sin discutir en manera alguna semejante aseveración, salió John de la estancia para ver si el mozo, que llevaba una linterna, que desde largo rato danzaba ante la puerta y la ventana como un fuego fatuo, había limpiado bien el caballo, mucho más gordo de lo que podríais creer, y tan viejo, que la época de su nacimiento se perdía en la obscura noche de los tiempos. Boxer, comprendiendo que la familia entera tenía derecho a sus atenciones, que debían ser repartidas imparcialmente entre cada uno de sus miembros, entraba y salía con desordenada agitación, ora describiendo un círculo de bruscos ladridos alrededor del caballo, mientras le estregaban a la puerta del establo; ora haciendo como que se lanzaba ferozmente contra su señora, parándose por su propio impulso delante de ella con aire ceremonioso; ora arrancando un grito de espanto a Tilly Slowboy, sentada junto al fuego en su sillita de niñera, aplicándole, cuando menos podía esperarlo, el hocico húmedo a la mejilla; ora demostrando indiscreto interés por el niño; ora volteando sobre sí mismo infinidad de veces delante del hogar antes de tenderse, como si quisiera permanecer allí toda la noche, y volviendo luego a levantarse y yéndose fuera a agitar la punta del rabo al aire libre, como si se acordase de una cita y se alejase a toda prisa para no faltar a la palabra comprometida.

—¡Ea, ya está la tetera lista y al fuego! —exclamó Dot, tan seriamente ocupada como una niña jugando a señora de su casa—. Aquí está el jamoncillo frío. Aquí la manteca; allí el panecillo y todo lo demás. Aquí está la cesta para los paquetes pequeñitos, por si habéis traído algunos. ¿Pero dónde estáis, John? Por Dios, no dejéis caer el chiquitín en el fuego, Tilly.

Bueno es que se sepa que miss Slowboy, a pesar de la vivacidad con que rechazó esta observación, demostraba un talento raro y asombroso en lo que concernía a colocar al chiquitín en posiciones dificilísimas; muchas veces había expuesto su débil existencia con una sangre fría propia y peculiar suya. La muchacha era alta y flaca, de modo que su traje parecía estar en perpetuo peligro de deslizarse por su espalda, semejante a una percha, de la que pendía negligentemente. Su atavío era notable por las desigualdades que generalmente mostraban sus trajes de franela de hechura singular, así como por enseñar por la espalda, a falta de corsé, dos trozos de corpiño color verde obscuro. Y como Tilly se hallaba en un estado perpetuo de admiración ante todas las cosas, y completamente absorta gracias a la contemplación incesante de las perfecciones de la señora y del niño, puede decirse que los descuidillos de miss Slowboy hacían honor igualmente a su corazón y a su cabeza, aunque no hiciesen tanto honor a la frente del chiquitín, puesta con demasiada frecuencia en tales circunstancias en contacto con las puertas, los aparadores, los escalones, los hierros de la cama y otras cosas heterogéneas. Pero, después de todo, veíase en dichos acontecimientos el halagüeño resultado del asombro que experimentaba sin tregua Tilly Slowboy al verse tan bien tratada e instalada en casa tan cómoda. Porque los Slowboy, de ambas ramas, paterna y materna, eran mitos desconocidos en el decurso de la historia. Tilly había sido educada por la caridad pública; era expósita, y como los expósitos no suelen crecer entre mimos y ternezas, su situación, aunque modesta, le parecía muy dichosa.

Os hubiera gustado casi tanto como al mismo John ver a la señora Peerybingle volviendo con su marido, arrastrando el célebre cesto y haciendo los más enérgicos esfuerzos sin resultado alguno, porque al fin y al cabo era John el que lo arrastraba. No es del todo imposible que semejante escena hubiese divertido al grillo; tengo tentaciones de creerlo. Lo que es probado es que se puso a cantar con nuevo ardor.

—¡Vaya, vaya! —dijo John lentamente según su costumbre—; ¡hoy está más alegre que nunca!

—A buen seguro nos predice alguna ventura, John. Siempre nos ha traído felicidad. No hay nada tan alegre como la presencia de un grillo en el hogar.

John la miró como si estuviese próximo a creer que en este caso ella sería el grillo en jefe, con lo cual participaría por completo de su opinión. Pero probablemente esta fue una de las ocasiones en que poco hubiera faltado para que hiciese un chiste, porque no despegó los labios.

—La primera vez que escuché su alegre cancioncilla fue la noche en que me condujisteis a esta casa, mi nueva morada, para hacerme señora de ella. Pronto hará un año. ¿Os acordáis, John?

¡Sí, sí! John se acuerda, y no haya miedo que lo olvide.

—Su gorjeo me daba la bienvenida del

modo más expresivo que pueda imaginarse. Me pareció henchido de promesas y de consuelos; creí que me aseguraba vuestra amabilidad y vuestra bondad, y que no tardaríais —yo entonces lo dudaba, John— en hallar una vieja cabeza sobre los hombros de la loquilla que era ya vuestra mujer.

John, con aire pensativo, golpeó cariñosamente uno de los hombros y después la cabeza de Dot, como si quisiera decir: «No, no; no lo había pensado, y estoy contento de lo que hallé». Y tenía mucha razón; lo que había encontrado no era tan malo.

—El grillo decía la verdad, John, cuando me hizo la promesa de que os hablo; porque siempre fuisteis para mí el más atento y el más afectuoso de todos los maridos del mundo. Me habéis hecho tan feliz en esta casa, John, que por ello amo al grillo con toda el alma.

—Entonces, también yo le amo, Dot —dijo el mandadero—; también yo le amo.

—Le amo por los buenos pensamientos que su música hizo nacer en mí cada vez que le escuché. Algunas veces, por la tarde, al obscurecer, cuando me sentía algo sola, algo triste, John, antes que el niño hubiera venido al mundo para hacerme compañía y alegrar la casa; cuan-do pensaba en el desconsuelo que tendríais si yo muriese y en el que yo tendría si pudiese saber que me habíais perdido, su crrri, crrri, crrri, llegado del hogar, me hablaba con una vocecita tan dulce, tan simpática para mi corazón, que a su primer sonido se desvanecía mi pesar como un sueño, y cuando temía —lo temí alguna vez, ¡era yo tan joven!— que nuestro matrimonio fuese una unión desigual, por ser yo una niña y parecer vos más bien mi tutor que mi marido; cuando temía que no pudieseis llegar, a pesar de vuestros esfuerzos, a amarme tanto como deseabais, su crrri, crrri, crrri me devolvía el valor y me llenaba de nueva confianza. He aquí por qué amo tanto al grillo.

—Y yo también —repitió John—. Pero, Dot, ¿afirmáis que deseo y espero poder llegar a amaros? ¿Qué queréis decir? ¿Cómo podéis hablar así? Lo había logrado mucho tiempo antes de conduciros aquí para que fueseis dueña y señora del grillo, Dot.

Dot apoyó un momento la mano en el brazo de John y le contempló con aire conmovido como si hubiese querido decirle algo. Un momento después se arrodillaba ante el cesto, charlando con animación, ocupadísima con los paquetes.

—No hay muchos paquetes esta noche, John; pero he visto algunos fardos detrás del carruaje, y aunque embaracen más, rinden mayor provecho, de modo que no podemos quejarnos, ¿verdad? ¿Sin duda habréis distribuido bastantes a lo largo del camino?

—Ya lo creo —respondió John—, muchos, muchos.

—Pero ¿qué es esta caja redonda? ¡Cielo santo! John, es una torta de boda.

—Sólo las mujeres pueden adivinar estas cosas —dijo John lleno de admiración—; un hombre no lo hubiera acertado nunca. En cambio, apuesto cualquier cosa a que si ponéis una torta de boda en una caja de té, en un catre de tijera, en una banasta de salmón o en cualquier otro continente inverosímil, una mujer sabrá adivinar lo que hay dentro sin la menor vacilación. Sí; es una torta de boda que he tomado en casa del pastelero.

—¡Y pesa horriblemente, algo así como... cien libras! —exclamó Dot haciendo grandes esfuerzos para levantarla—. ¿A quién está destinada, John? ¿Dónde irá a parar?

—Leed la dirección en el lado opuesto.

—¡John! ¡Dios mío, John!

—¿Verdad que parece imposible? —preguntó este.

—No puede ser —prosiguió Dot, sentándose en el suelo y sacudiendo la cabeza— que vaya destinada a Gruff y Tackleton, el comerciante de juguetes.

John hizo una señal afirmativa.

Mistress Peerybingle lo repitió unas cincuenta veces, pero no era en ella señal de afirmación, sino de sorpresa muda y llena de compasión. Durante aquel rato apretaba los labios imprimiéndoles una diminuta mueca, para la cual no estaban hechos a buen seguro, y continuó dirigiendo al mandadero una mirada distraída pero penetrante, mientras por su parte miss Slowboy, que tenía aptitud para reproducir fragmentos de conversación corriente para distraer al niño, pero despojándolos de todo sentido y poniendo los sustantivos en plural sin excepción alguna, preguntaba en alta voz al chiquitín si eran en verdad los Gruffs y Tackletons, comerciantes de juguetes; si se iría a las tiendas de los pasteleros para tomar las tortas de las bodas; y si las madres sabían reconocerlas en las cajas cuando los padres las llevaban a las casas.

—¿Y creéis que ese matrimonio se efectuará? —preguntó Dot—. ¡Dios mío! ¡Si May y yo íbamos a la misma escuela cuando éramos pequeñitas! —John iba a pensar en Dot, y a representársela tal cual debió ser cuando pequeñita, cuando iba a la escuela; no faltó mucho para que lo hiciera. La contemplaba ya con aire de satisfacción soñadora; pero se limitó a la contemplación y no dijo ni una palabra.

—¡Y él tan viejo, tan distinto de ella! Decid, John, ¿cuántos años más que vos tiene Gruff y Tackleton?

—¿Cuántas más tazas de té beberé esta noche de una sola vez de las que Gruff y Tackleton haya bebido jamás en cuatro? Esta es mi pregunta —respondió en tono juguetón el mandadero mientras aproximaba su silla a la mesa y principiaba el asalto al jamón—. En lo que toca a comer, como poco, pero mi poco lo como a gusto.

Era una frase ritual de John, que solía repetir cada vez que comía; una de sus ilusiones inocentes, porque su insaciable apetito no dejaba de desmentirle ni una sola vez. En aquella ocasión la fórmula consabida no hizo brotar la menor sonrisa de los labios de su mujer, que, permaneciendo en pie entre los paquetes, rechazó lentamente la caja de la torta con su piececito, sin mirar ni un instante, aunque bajase los ojos, al lindo zapatito que tanto solía interesarla. Absorta en sus ensueños, se quedó allí sin acordarse del té ni de John, aunque este la llamase y golpease la mesa con el cuchillo para despertar su atención, hasta que, al fin, se levantó y le tocó el brazo; Dot le contempló entonces un instante, y corrió en seguida a colocarse en su sitio a la mesa, cerca de la tetera, riéndose de su negligencia.

Pero no fue aquélla la misma risa de antes; y del tono depende la música, según es bien sabido.

El grillo había callado también. No podría explicaros por qué aquel cuartito no tenía el mismo aspecto gozoso de antes.

John Leech: *La danza* (1843), ilustración para
El grillo de la casa

III

—¿No hay más paquetes, John? —dijo Dot rompiendo una larga pausa, que el honrado mensajero había consagrado a la demostración práctica de una parte de su frase favorita, probando al menos que comía con placer lo que comía, aunque fuese imposible admitirle que comía poco—. ¿No hay más paquetes?

—No —dijo John—. Pero... no... me... —añadió abandonando el tenedor y el cuchillo y respirando a sus anchas—. Confieso que... ¡me había olvidado por completo del anciano!

—¿Del anciano?

—Está en el coche —añadió John—. Se había dormido sobre la paja la última vez que le vi. Dos veces estuve dispuesto a llamarle desde que he llegado, pero lo olvidé las dos veces... ¡Arriba! ¡Eh! ¡Eh! ¡Levantaos! ¡Ya hemos llegado!

John pronunció estas palabras fuera de la puerta, hacia la cual se había precipitado con la bujía en la mano.

Miss Slowboy, convencida de que el nombre de anciano ocultaba algún misterio, y asociando a esta expresión en su imaginación, sacudida por creencias supersticiosas, ciertas ideas de naturaleza poco tranquilizadora, llegó a tal grado de turbación que se levantó a toda prisa de la silla baja del rincón del hogar para ir a buscar protección tras las faldas de su señora. En el momento preciso en que pasaba delante de la puerta entrevió a un viejo desconocido y le cayó encima instintivamente, golpeándole con la única arma ofensiva que llevaba en la mano. Como este instrumento resultó ser el chiquitín, se produjo una gran agitación, una vivísima alarma, que la sagacidad de Boxer no hizo más que aumentar, porque el valiente perro, que tenía más memoria que su dueño, había indudablemente vigilado al anciano durante su sueño, temiendo que se fugase con algunos plantones de chopo que venían atados a la parte posterior del carruaje, y le apretaba todavía muy de cerca, mordisqueando valientemente sus piernas, y batallando con los botones de sus polainas.

—¡Pardiez! —exclamó John, cuando se hubo restablecido la paz—. Sois un dormilón terrible —mientras tanto el anciano permanecía de pie en medio de la habitación, inmóvil y con la cabeza descubierta—. ¡Un dormilón terrible!

El extranjero, hombre de larga cabellera blanca, bellas facciones, singularmente altaneras y expresivas, a pesar de pertenecer a un viejo, y ojos negros, brillantes y perspicaces, miró a su alrededor sonriendo, y saludó a la mujer del mandadero con una grave inclinación de cabeza.

Su traje, de color moreno, ofrecía rara singularidad por su moda y corte antiguos. Llevaba un sólido bastón de viaje, también moreno; cuando hubo golpeado el suelo con el bastón, este se abrió, convirtiéndose en una silla, en la que se sentó con gran tranquilidad el desconocido.

—Mira —dijo el mandadero, dirigiéndose a su mujer—. En esta misma postura le he encontrado, sentado al borde del camino, inmóvil como un guardacantón, y casi tan sordo como él.

—¿Sentado al raso, John?

—Al raso —respondió el mandadero—; precisamente al caer la noche. «Asiento pagado», me ha dicho, dándome dieciocho peniques; ¡ha subido en seguida, y hele aquí!

—Me parece que va a marcharse, John.

Nada de esto. Quería solamente hablar.

—Dispensadme —dijo el extranjero con dulzura—. A causa de mi dolencia no puedo ir solo. Esperaré que vengan a buscarme. No hagáis caso de mí.

Sacó luego de uno de sus vastos bolsillos sus anteojos, y de otro bolsillo un libro, y se puso en seguida a leer tranquilamente, sin preocuparse de Boxer, como si el terrible guardián fuese un cordero familiar.

El mandadero y su mujer cambiaron una mirada de duda. El extranjero levantó la cabeza, y pasando de la mujer al marido, preguntó a este último:

—¿Es vuestra hija, amigo mío?

—Mi mujer —respondió John.

—¿Vuestra sobrina?

—¡Mi mujer! —gritó John con todos sus pulmones.

—¿Es cierto? —prosiguió su interlocutor—. ¡Cierto! Es muy joven.

Dicho esto volvió a hojear el libro y continuó la lectura. Pero antes de haber podido leer dos líneas, se interrumpió de nuevo para decir:

—¿Y el niño, es vuestro?

John le hizo con la cabeza una señal gigantesca, tan afirmativa como si hubiese trompeteado su respuesta con el auxilio de una bocina.

—¿Una hija?

—¡Un mucha-a-a-acho! —gritó John.

—Muy joven también, ¿no es verdad?

La señora Peerybingle se resolvió en seguida a tomar parte en la conversación.

—¡Dos meses y tres día-as! ¡Vacunado hace seis sema-a-nas! ¡La vacuna ha ido perfectame-e-nte! ¡Considerado por el doctor como un niño admirablemente hermo-o-so! ¡De una inteligencia verdaderamente maravillo-o-sa! ¡Quién creería que se mantiene ya en pie-e-e!

—Y al llegar a esta exclamación final la

diminuta madre, perdiendo el aliento por haber gritado estas cortas frases al oído del anciano, hasta tal punto que su lindo rostro tomaba tintas moradas, levantó al niño ante el viajero, poniéndose en pie como prueba irrefutable y triunfante que apoyaba sus aserciones, mientras que Tilly Slowboy, con el grito armonioso de ¡Ketcher! ¡Ketcher!, palabras misteriosas que resonaban en su oído como un estornudo popular, se puso a dar cabriolas como un becerro alrededor de la inocente criaturilla.

—¡Oíd! Vienen a buscarle, lo juraría —dijo John—. Alguien llama a la puerta. Abrid, Tilly.

IV

Pero antes que la muchacha hubiese podido obedecer, la puerta fue abierta desde el exterior, pues era una puerta primitiva, de picaporte, que todo el mundo podía abrir a su antojo, y por cierto que no poca gente se daba semejante gusto; a todos los vecinos les agradaba charlar un poquito con el mandadero, aunque John no pecase ciertamente de hablador. La puerta abierta dejó el paso libre a un hombrecito delgado, con muestras de evidente preocupación, de rostro moreno y que, por las señas, se había confeccionado el sobretodo con una tela de saco que debió envolver alguna caja en tiempo lejano; porque al volverse el hombrecito para cerrar de nuevo la puerta, pudieron leerse claramente las iniciales G. y T. en su espalda, y la palabra cristal con letras grandes.

—Buenas noches, John —dijo el hombrecito—. ¡Buenas noches, señora! ¡Buenas noches, Tilly! ¡Buenas noches, desconocido! ¿Cómo sigue el niño, señora? ¿Boxer sigue bueno, verdad?

—Todo sigue a las mil maravillas, Caleb —respondió Dot—. Para convenceros de mis palabras, no tenéis más que empezar por fijaros en el nene que Dios me ha dado por hijo.

—O fijarme en vos misma —añadió Caleb.

No obstante, no se fijó en su interlocutora; su ojo errante y preocupado parecía siempre estar muy lejos, y era indudable que su alma estaba también ausente.

—O en John —siguió Caleb—, o en Tilly, o en el mismo Boxer.

—¿Estáis atareado, Caleb? —pre-guntó el mandadero.

—Sí, John, bastante —respondió Caleb, con el aire distraído de un sabio que buscase por lo menos la piedra filosofal—. Las cosas no van tan mal como se cree. La gente corre ansiosa tras las arcas de Noé. Yo hubiera deseado mejorar un poco la especie; pero a ese precio no puede hacerse más. Mucho me agradaría haber logrado que se conociera quiénes eran Shem y Hams y las esposas. Las moscas no pueden hacerse a esa escala como los elefantes. Y a propósito, John, ¿tenéis algún paquete para mí?

El mandadero hundió la mano en uno de los bolsillos del ropón que se había quitado, y sacó de él un tiestecito de flores, cuidadosamente rodeado de papel de musgo.

—¡Tomad! —dijo, arreglando las hojas con gran cuidado—. ¡Ni una hoja estropeada! ¡Cuánto capullo!

El ojo sombrío de Caleb se iluminó ante la planta. El hombrecito dio las gracias a su amigo.

—Es raro, Caleb —dijo el último—. Resulta muy raro en esta época.

—No importa. Cualquiera que sea el precio, siempre me parecerá módico. ¿Hay algo más, John?

—Una cajita —dijo el mandadero—. Hela aquí.

—Para Caleb Plummer —deletreó el hombrecito—. Con dinero, John. No creo que me lo manden a mí.

—Con cuidado —rectificó el mandadero mirando por encima del hombro de Caleb—. ¿Cómo habéis podido leer con dinero?

—¡Oh, tenéis razón! —dijo Caleb—. Esto es, con cuidado. Sí, sí; más arriba trae mi dirección. No quiere decir esto que no hubiese podido recibir cien francos, John, si mi pobre muchacho, que marchó a California, viviese aún. Le amabais como a un hijo, ¿verdad? No hay que asegurármelo; me consta. «A Caleb Plummer. Con cuidado.» Sí, sí, esto es; una caja de ojos de muñecas para las tareas de mi hija. ¡Ojalá sus ojos pudieran encontrarse también en el fondo de esta cajita!

—Lo desearía con todo mi corazón.

—Gracias —repuso el hombrecillo—. Vuestro lenguaje sale verdaderamente del corazón. ¡Cuando pienso que no podrá ver nunca las muñecas que están allí, fijando todo el día los ojos en ellas! ¿No es esto muy cruel? ¿Qué os debo por vuestro trabajo, John?

—Buen trabajo os haré pasar si repetís semejante pregunta. ¡Dot! Estuve a punto de...

—Os reconozco, John —dijo el hombrecillo—. Tal es vuestra bondad acostumbrada. ¡Vaya!, creo que estamos listos.

—No lo creo yo así —añadió el mensajero—. Haced memoria.

—¿Hay algo para el amo? —preguntó Caleb después de haber reflexionado un instante—. Tenéis razón: por orden suya vine, pero mi cabeza está tan fatigada con las arcas de Noé... y además, ¿no ha venido él en persona?

—¡Él! —respondió el mandadero—, no lo creáis; está demasiado atareado con su cortejo.

—No obstante, vendrá —dijo Caleb—, porque me recomendó que saliese por el camino acostumbrado, añadiendo que a buen seguro le encontraría. Y a propósito; bueno será que me vaya. Pero antes, señora, ¿tendríais la bondad de dejarme pellizcar la cola de Boxer por un segundo? ¿Me lo permitís?

—¡Qué pregunta tan ingrata, Caleb!

—Dispensadme y no hagáis caso de lo que ocurra, porque quizá no sea muy de su gusto. Acabo de recibir un pedido regular de perros rabiosos y desearía acercarme, en cuanto fuese posible, a la realidad, aunque la ganancia no exceda de doce sueldos.

Felizmente, Boxer, sin que fuese necesario aplicarle el estimulante propuesto, se puso a ladrar con excepcional ardor. Pero como tales ladridos anunciaban la llegada de una nueva visita, Caleb, aplazando para un momento más favorable su estudio del natural, colocose la cajita redonda sobre el hombro y se despidió a toda prisa. Y seguramente hubiera podido ahorrarse toda su agitación, porque encontró al recién llegado antes de trasponer la puerta.

—¿Estáis aquí todavía? Pues bien; esperad un poco. Os acompañaré hasta vuestra casa. John Peerybingle, estoy a vuestra disposición, y sobre todo a la disposición de vuestra mujer. ¡Cada día más bonita y más buena! ¡Y más joven también! ¡Parece cosa del diablo!

—Me extrañaría de vuestros cumplidos, señor Tackleton —dijo Dot algo fríamente—, si vuestra nueva situación no me los explicase.

—¿Lo sabéis todo?

—He procurado creer lo que me han dicho.

—¿Lo creísteis con dificultad?

—Acertáis.

V

Tackleton, el comerciante de juguetes, casi generalmente conocido bajo el nombre de Gruff y Tackleton —era la razón social, aunque Gruff hubiese muerto hacía mucho tiempo, legando el nombre al asociado y, según el decir de la gente, el mal humor que el diccionario inglés atribuye a su nombre malsonante—; Tackleton, el comerciante de juguetes, había sentido una sincera vocación desconocida de sus padres y su tutor. Si hubiesen hecho de él un usurero, un procurador codicioso o un policía, Tackleton, desahogando sus malas inclinaciones durante la juventud, después de agotar toda la malignidad de su ser en los deberes naturales de su estado, hubiera llegado a ser amable aunque sólo fuese por el atractivo de la novedad. Pero, obligado a almacenar la bilis, encadenado a sus apacibles ocupaciones de comerciante de juguetes, había llegado a ser un verdadero ogro doméstico, que, viviendo a expensas del bolsillo de los niños, no cesaba un solo instante de ser su enemigo mortal. Despreciaba los juguetes, y no hubiera comprado uno solo por todo el oro del mundo; hallaba, gracias a su mal carácter, singular placer en arreglar caras henchidas de expresión feroz a los labradores de cartón que conducían sus puercos al mercado, a los pregoneros que anunciaban una digna recompensa al que encontrase la conciencia perdida de un abogado, a las viejas mecánicas que zurcían medias o modelaban pasteles, y a cuantos personajes ponía a la venta. Se sentía verdaderamente feliz al imaginar máscaras terribles, diablillos que aparecían por sorpresa, feos, crespos, de ojos colorados; cometas-vampiros, barqueros demoníacos que no podían colocarse patas arriba levantándose constantemente para correr hacia los niños muertos de miedo. Este era su único consuelo, y por decirlo así, la válvula de seguridad por cuyo medio se escapaba su mal carácter. Tenía verdadero genio para semejantes invenciones; y la idea de alguna nueva pesadilla le causaba un placer inenarrable. Llegó a perder dinero —este era el único juguete que le gustaba —para procurarse asuntos infernales de linterna mágica en que los poderes de las tinieblas estuviesen representados bajo la forma de crustáceos sobrenaturales de rostro humano; y había comprometido un capitalito para exagerar la estatura terrorífica de sus gigantes, y aun sin ser pintor, indicaba a los artistas que empleaba, con ayuda de un yeso pizarra, ciertas miradas furtivas destinadas a modificar de un modo extraño la fisonomía de los monstruos, que a su vista se llenaban de espanto las almas de los jóvenes gentlemen de seis a once años durante las vacaciones enteras de Navidad o de verano.

Lo que era Tackleton con respecto a los juguetes, lo era con respecto a todo el mundo. Por lo tanto, podéis suponer que su traje verde, abrochado hasta la barba, que descendía hasta las pantorrillas, envolvía al individuo más antipático del orbe; figuraos el personaje más distinguido, más agradable que se hubiese puesto un par de enormes botas de becerro color caoba.

¡Y no obstante, Tackleton, el comerciante de juguetes, iba a casarse! Sí, a pesar de todo, iba a casarse, y con una joven, y aun con una hermosa joven.

No parecía ciertamente un novio cuando apareció en la cocina del mandadero, con su cara seca y ceñuda como una cuerda de pozo; su extravagante figura, el sombrero echado hacia adelante sobre la punta de la nariz, las manos hundidas hasta el fondo de los bolsillos y con toda su mala naturaleza henchida de sarcasmo, saliendo a la luz por un rinconcito de su ojillo, como la esencia concentrada de una bandada de cuervos. No obstante, era él, indudablemente, el novio.

—Faltan tres días —dijo—. El jueves próximo, último día de enero, nos casaremos.

¿He anotado que tenía siempre un ojo

grande y abierto, y el otro casi cerrado, y este último era siempre el ojo expresivo? No creo haberlo dicho.

—Sí, nos casaremos —repitió Tackleton, haciendo resonar su dinero en el bolsillo.

—¡Pardiez! El mismo día del aniversario de nuestro matrimonio —exclamó el mandadero.

—¡Ja, ja, ja! —añadió Tackleton riendo—. ¡Vaya una casualidad! Precisamente formáis una pareja muy semejante a la nuestra.

La indignación de Dot, al escuchar una aserción tan presuntuosa, no puede describirse. No hubiera faltado más sino que Tackleton acogiese la posibilidad de un niño semejante también a su chiquillo. Tackleton estaba loco; era indudable.

—¡Esperad, esperad! He de deciros dos palabras —murmuró Tackleton, empujando de nuevo a John con el codo—. ¿Vendréis a la boda? Estamos la misma barca.

—¿Cómo en la misma barca? —preguntó el carrero.

—Muy poca diferencia —dijo Tackleton, haciendo un nuevo guiño—. ¿Antes de ese día, iréis a pasar un rato con nosotros?

—¿Por qué? —preguntó John, extrañado de la diligente hospitalidad de su interlocutor.

—¿Por qué? —respondió este—. ¡Buen

modo de recibir una invitación! ¿Por qué? Por el gusto de veros, por lo agradable que me fue siempre vuestra compañía, y por muchas otras razones que paso en silencio.

—¡Nunca os había visto tan sociable! —dijo John con su simplicidad y su franqueza habituales.

—¡Bah, bah, bah! Comprendo que no hay que veniros con requilorios —dijo Tackleton—. Más vale ir sin rodeos hasta el fin. Pues bien, la verdad es que ofrecéis..., y vuestra mujer también, cuando estáis juntos, lo que la gente suele llamar aspecto delicioso. Bien sabemos lo que ocurre en el fondo, nosotros los que...

—¡Cómo! ¿Lo que ocurre en el fondo? —interrumpió John—. ¿Qué queréis decir?

—Bien, bien. No lo sabemos, si os gusta así. No discutiremos por una brizna de paja. Decía, pues, que, contando con cierta apariencia satisfecha que os nota todo el mundo, creo que vuestra compañía producirá un efecto altamente favorable en la futura mistress Tackleton. Y aunque yo no juzgue a esta buena señora —y el orador se dirigió a Dot—, muy bien dispuesta en favor mío en este asunto, no dudo que aceptará mi ofrecimiento, porque sabe esparcir a su alrededor una atmósfera de satisfacción y de tranquilidad que siempre produce buen efecto, sea cual fuere el fondo de las cosas. ¿Vendréis, verdad?

—Habíamos dispuesto solemnizar el aniversario de nuestro casamiento con la mayor pompa posible en nuestra casita —respondió John—. Nos lo hemos prometido hace seis meses. Creemos que en nuestra casita...

—¡Bah! ¿Y qué es al fin y al cabo vuestra casita? —exclamó Tackleton—. Cuatro paredes y un techo. Y a propósito: ¿por qué no matáis ese maldito grillo? Tiempo ha lo hubiera hecho, a estar en vuestro lugar. No dejo un solo grillo con cabeza; ¡me carga su ruido impertinente! También en mi casa hay cuatro paredes y un techo. ¿Vendréis a verme?

—¿Matáis los grillos? —preguntó John.

—Los piso —contestó Tackleton dejando caer pesadamente al suelo el tacón de su bota—. Vamos, prometedme que vendréis; a los dos nos interesa; ya sabéis que nuestras mujeres se persuaden una a otra de su felicidad y de que no existe en el mundo entero mayor suma de ventura. Conozco a las mujeres. Lo que la primera diga, está resuelto a defenderlo la segunda. Hay entre ellas un espíritu tal de emulación, que si vuestra mujer dice a la mía: «Soy la mujer más venturosa del mundo, y mi marido es el mejor de los maridos; le adoro con toda el alma», mi mujer dirá lo mismo a la vuestra, o quizá vaya más lejos, y llegará a creerlo.

—¿Creéis, pues —preguntó el mandadero—, que vuestra mujer no os...?

—¡Que mi mujer no me...! —exclamó Tackleton con risa breve y aguda—. ¡Que mi mujer no me...! ¿qué más?

John estuvo tentado de añadir: «os... adorará?» Pero habiendo encontrado el ojo semicerrado de Tackleton en el momento preciso en que este se fijaba en el mandadero guiñándole por encima del cuello levantado del capote, y viendo la punta del ojo que parecía pronta a destruirle, comprendió que en todo el ser de aquel hombre singular había tan poquita cosa que mereciese adoración, que substituyó la primera frase con otra nueva, y continuó así: «No creo que os adore en modo alguno».

—¡Ah, buen pájaro! ¿Bromeáis? —dijo Tackleton.

Pero John, aunque lento para comprender todo el alcance de lo que Tackleton había tenido la intención de decir, le miró con tan serio gesto, que Tackleton viose forzado a explicarse más categóricamente.

—Tengo el capricho —dijo levantando su mano izquierda y golpeándose ligeramente el índice, como si dijera: «Aquí estoy yo, Tackleton»—, tengo el capricho de casarme con una mujer joven y bonita —y golpeó el meñique, que simbolizaba a su futura; así, pues, no lo golpeó con suavidad, sino reivindicando sus prerrogativas de amo y señor—. Puedo satisfacer este capricho, y lo haré así. Ahora, mirad un momento.

Y le señaló con el dedo a Dot, que se sentaba pensativa y soñadora delante del fuego, apoyando en la mano su linda barbilla adornada de un gracioso hoyuelo; a Dot, que a la sazón contemplaba la brillante llamarada. El mandadero la contempló, la contempló de nuevo y volvió a contemplarla, y cesó en sus observaciones, sin comprender absolutamente nada.

—Os honra y os obedece, sin duda —continuó Tackleton—, y yo no soy hombre de sensiblerías; no pido más que eso.

El pobre John se turbó, experimentando, a pesar suyo, una rara mezcla de malestar e incertidumbre. No pudo impedir que su morena faz lo revelase a su modo.

—Buenas noches, amigo mío —dijo Tackleton con aire compasivo—. Me voy. En realidad, somos, según veo, exactamente iguales. ¿No queréis visitarme mañana por la noche? No importa; vendré al día siguiente de la boda a veros, en compañía de mi futura. Esto le hará buen efecto. Sois un hombre excelente.

—Pero, ¿qué es esto?

La mujer del mandadero había dado un fuerte grito, un grito agudo y pronto que hizo resonar la habitación como si fuera un vaso de vidrio. Se había levantado de la silla y permanecía en pie como petrificada por el terror y la sorpresa. El extranjero se había acercado al fuego para calentarse y estaba a dos pasos de la silla, pero siempre tranquilo y silencioso.

—¡Dot! —exclamó el mandadero—. ¡María! ¡Tesoro mío! ¿Qué ocurre? ¿Qué hay?

VI

En un instante se agruparon todos a su alrededor. Caleb, que empezaba a dormirse sobre la caja de la torta de boda, súbitamente despertado, en el primer momento de turbación, había agarrado a miss Slowboy por los cabellos, pero apenas hubo recobrado el sentido, le pidió mil perdones.

—¡Dot! —exclamó John con su mujer entre los brazos—. ¿Estáis enferma? ¿Qué ocurre? ¡Hablad, querida mía!

Pero Dot, por toda respuesta, dio una palmada, y se puso a reír desaforadamente; luego, dejándose caer de los brazos de John al suelo, se cubrió el rostro con el delantal y se echó a llorar. Luego volvió a reír; lloró de nuevo; sintió frío, y se dejó conducir junto al fuego por su marido, sentándose en el mismo lugar de antes. El extranjero permanecía en pie, tranquilo y silencioso.

—Estoy mejor, John —dijo Dot—. Estoy completamente bien.

Pero mientras hablaba con John, miraba al lado opuesto.

¿Por qué se volvía hacia el extranjero como si hubiera de dirigirse a él? ¿Perdía Dot la cabeza?

—Me alegro mucho de que el lance haya

63

concluido bien —murmuró Tackleton paseando la mirada por toda la habitación—. Eh, Caleb, un momento. ¿Quién es este hombre de cabellos grises?

—No lo sé, señor —respondió Caleb en voz baja—. No lo he visto nunca. Una bonita figura de cascanueces; un modelo enteramente nuevo. Atornillándole una quijada que bajase hasta caer encima del chaleco, sería delicioso.

—No está mal —dijo Tackleton.

—O bien para unos avíos de encender, ¡qué modelo! —observó Caleb sumido en profunda contemplación—. Se le vacía la cabeza para colocar los fósforos; se le alzan al aire los talones para la bujía; mirad, mirad: en esta actitud. ¡Qué admirable avío para colocar encima de la chimenea de un prócer!

—Puede decirse que no está mal —afirmó Tackleton—. Pero en fin, el plan es irrealizable. Vámonos. Cargad con la caja... Supongo que ya ha terminado por completo el percance.

—¡Por completo! ¡Por completo! —dijo la mujercita apresurándose a despedirle con una señal expresiva—. Buenas noches, muy buenas noches.

—Buenas noches, señora —añadió Tackleton—; buenas noches, John Peerybingle. Cuidado con la caja, Caleb. ¡Si el paquete cae, os rompo la cabeza! La noche está negra como boca de lobo; el tiempo está peor que nunca. ¡Diablo! Buenas noches.

Tackleton se dirigió a la puerta pronunciando estas palabras, no sin haber paseado por la habitación una segunda mirada escrutadora, y seguido de Caleb, que llevaba la torta de boda sobre la cabeza.

El mandadero había quedado tan ensimismado a causa del accidente que su mujercita había sufrido, tan ocupado en calmarla y cuidarla, que había olvidado casi enteramente la presencia del extranjero, hasta que le divisó, en pie todavía. Era el único extraño que permanecía aún en su casa.

—Se ha quedado —dijo John—. Es preciso que le dé a entender que ya es hora de marcharse.

—Os pido perdón, amigo mío —dijo el anciano, acercándose al mandadero—; con tanto más motivo cuanto temo que vuestra mujer se haya sentido indispuesta; pero la persona que mi dolencia me hace indispensable —y al mismo tiempo condujo la mano al oído y sacudió la cabeza— no ha llegado aún, y temo que haya sufrido algún error. El mal tiempo que esta noche me hizo encontrar tan agradable el abrigo de vuestro carruaje —¡ojalá no lo tenga nunca peor!—, es más crudo que antes. ¿Querríais tener la extremada bondad de cederme una cama por esta noche? Os satisfaré puntualmente su importe.

—¡Sí, sí! —respondió Dot—. Sí; es cosa resuelta.

—Bien, bien —dijo el mandadero sorprendido de aquiescencia tan pronta—. No hubiera sido yo quien... No estoy completamente seguro de que...

—¡Chist, John! —interrumpió Dot.

—¡Bah! Es sordo como una tapia.

—Lo sé, pero... Sí, señor, decididamente. Decididamente. Voy a arreglarle la cama en seguida, John.

Y al salir a toda prisa para preparar cuanto era necesario, la turbación que la invadía era tan extraña, que el mandadero, que la seguía con la mirada, quedó confuso.

—Y sus madrecitas arreglan las camas —gritó miss Slowboy al niño—, y sus cabellos estaban negros y rizados cuando se han quitado los gorros, y ¿qué es lo que ha dado miedo a los chiquitines sentados junto al fuego?

Por efecto de la inexplicable atracción que las más insignificantes bagatelas ejercen frecuentemente en un espíritu devorado por vagarosas dudas, el mandadero, paseándose de arriba abajo de la habitación, sorprendiose repitiendo mentalmente varias veces las absurdas palabras de Tilly. Las repitió con tanta frecuencia que llegó a aprenderlas de memoria y las recitaba como si fuesen una verdadera lección, cuando miss Slowboy, después de haber friccionado con la palma de la mano —según la añeja práctica de las niñeras— la cabecita calva del niño durante todo el tiempo que juzgó conveniente para su salud, le puso de nuevo el gorro y le anudó la cinta debajo de la barbilla.

—¿Qué es lo que ha dado miedo a los chiquitines sentados junto al fuego? ¿Qué es lo que ha dado tanto miedo a Dot? Me gustaría saberlo —murmuraba el mandadero, reanudando sus idas y venidas.

Arrancaba de su corazón las pérfidas insinuaciones del comerciante de juguetes, y, no obstante, se sentía lleno de un sentimiento de malestar vago e indefinido; porque Tackleton era listo y vivo, mientras que él estaba tan persuadido de su inferioridad, que cualquiera alusión directa o reticencia le alarmaban súbitamente. No tenía intención alguna de relacionar lo que le había dicho Tackleton con la conducta extraña de su mujer; pero ambos motivos de reflexión se presentaban simultáneamente a su espíritu, sin que John pudiese lograr su separación.

La cama estuvo hecha muy pronto; el extranjero, sin aceptar más refrigerio que una taza de té, se retiró. Entonces Dot, completamente tranquila, según decía, arregló el *sillonazo* poniéndolo en el rincón de la chimenea para que se sentase su marido: llenó la pipa de John, se la dio y colocó su acostumbrado taburetillo al lado de él junto al fuego.

Nunca había dejado de sentarse en aquel taburetillo; indudablemente que creía con firmeza que aquel taburetillo era delicioso, y muy apropiado para hacer resaltar ante su marido sus seductores hechizos.

Dot era, además, la mujer más hábil que se hubiera podido hallar en todo el orbe —hay que reconocerlo— para llenar una pipa. Nada más delicioso que el espectáculo que ofrecía al introducir en el vientre de la pipa su dedito regordete, luego al soplar en su interior para limpiar el tubo, y después de tan delicadas operaciones, al afectar la creencia de que realmente había quedado algo en el tubo, por cuyo motivo soplaba una docena de veces y la acercaba al ojo a modo de telescopio, mirando hasta el fondo con gestillo de su carita incomparable, era un precioso espectáculo. En cuanto a la colocación del tabaco, nadie hubiera podido enseñarle un grado nuevo de perfeccionamiento. Cuando tomaba un trozo de papel encendido para pegar fuego a la pipa sin chamuscar nunca la nariz del mandadero, en cuya boca permanecía aquélla, traspasaba el acierto e invadía ya el campo del arte, o mejor aún, del genio.

El grillo y el puchero, reanudando su cantata, así lo reconocían. El fuego, reanimando sus llamaradas, así lo reconocía. El segadorcillo del reloj, persistiendo en su labor maquinal, así lo reconocía. Y el carrero, con su tersa frente y complacida fisonomía, era el primero en reconocerlo.

Mientras fumaba su vieja pipa con aire grave y pensativo, mientras el reloj holandés hacía oír sin interrupción su monótono tic tac, el fuego brillaba alegremente, y el grillo cantaba a grito pelado; este benigno genio familiar de la casa —porque tal era el grillo— evocó en el espíritu del venturoso John, bajo formas fantásticas, una multitud de imágenes de su felicidad doméstica. Veía Dots de todas las edades y estaturas posibles que llenaban la habitación; Dots, niñas gozosas que corrían delante de él y que cogían las flores del campo; Dots, modestas, tan pronto rechazándole a medias como cediendo a medias, a las súplicas llenas de ternura que él les dirigía en medio de su rudeza; Dots recién casadas, atravesando el umbral de la casa y tomando posesión, como buenas guardadoras del hogar, de

69

las llaves y de los armarios. Dots, madres, servidas por *slowboys*[1] ficticias, llevando niños a la ceremonia del bautismo; Dots, más maduras, aunque jóvenes y frescas todavía, vigilando como matronas venerables a otras Dots, hijas suyas, que se entregaban a danzas campestres; Dots, regordetas y redonditas, acosadas, sitiadas como venerandas abuelas por ejércitos de niños sonrosados; Dots, arrugadas, que se apoyaban en sus bastones y andaban lenta e inseguramente. Vio también desfilar ante sus ojos ancianos mandaderos con Boxers viejos y ciegos, tendidos a sus pies; nuevos carruajes conducidos por nuevos cocheros —«Peerybingle hermanos» se leía en el toldo—, mandaderos ancianos y enfermos, cuidados por las manos más dulces del mundo, y tumbas de mandaderos muertos, muertos tiempo ha, cubiertas de verde musgo en el fondo de los cementerios. Y mientras el grillo le hacía ver todas estas cosas —porque lo cierto es que las veía distintamente aunque sus ojos permaneciesen fijos en las llamas del hogar—, el mandadero se sentía feliz y satisfecho y daba gracias con toda el alma a sus dioses domésticos, sin acordarse más de Gruff y Tackleton.

¿Pero a qué viene esa imagen de joven que el mismo grillo-hada coloca tan cerca del tabure-

---

[1] Chicos lentos. Desconocemos si aquí tiene un giro idiomático.

te de Dot, y que permanece solo y en pie? ¿Por qué se quedaba junto a ella, con el brazo apoyado en la campana de la chimenea y repitiendo constantemente: «¡Casada y no conmigo!»?

¡Dot, Dot! ¡Sospechar de Dot! No; semejante idea no puede ocupar un lugar entre las visiones de vuestro marido. Pero, en tal caso, ¿por qué la sombra desconocida ha pasado por su hogar?

Segundo grito

I

Solitos en su rincón, como dicen los libros de cuentos —cuyas benéficas narraciones habréis bendecido cien veces, por lo bien que saben disipar la monotonía de este mundo prosaico—, vivían Caleb Plummer y su hija ciega; solitos en su rincón, esto es, en una casucha de madera llena de hendeduras, en un verdadero cascarón de nuez, que era algo así como una verruga situada en la preeminente nariz, de ladrillo, de Gruff y Tackleton. La propiedad de Gruff y Tackleton se extendía a lo largo de media calle; en cambio, la casita de Caleb Plummer se hubiera derribado fácilmente de un martillazo o dos, y sus escombros habrían cabido fácilmente en una carreta.

Si algún transeúnte hubiese hecho a la casa de Caleb Plummer el honor de notar su desaparición, una vez realizada la expedición que acabamos de indicar, hubiera sido indudablemente con el único objeto de aprobar sin vacilación el derribo, calificándolo de mejora evidente. Estaba la casucha adherida a la casa de Gruff y Tackleton como un marisco a la quilla de una nave, como un caracol a una puerta o una mata de setas al tronco de un árbol. En cambio, era el germen de que brotara el tronco vigoroso y soberbio de Gruff y Tackleton; y bajo su ruinoso techo el antepenúltimo Gruff había fabricado en pequeña escala juguetes para toda una generación de niños y niñas de su tiempo, que, empezando por jugar con ellos, habían concluido por desmontarlos y romperlos antes de irse a la cama.

He dicho que Caleb y su hija ciega vivían allí; más exacto sería afirmar que el morador era Caleb, pero que su pobre hija tenía otra residencia, un palacio de hadas adornado y amueblado por Caleb, en cuyo recinto la necesidad y la estrechez eran completamente desconocidas, en cuyo recinto jamás pudieron penetrar las angustias de la vida. No obstante, Caleb no era ningún hechicero; era sencillamente un maestro consumado en la única magia que las edades nos conservaron: la magia del amor abnegado e imperecedero; la naturaleza había dirigido sus estudios y le había comunicado el arte de hacer milagros.

La cieguecita no supo jamás que los techos amarilleaban, que las paredes estaban manchadas y dejaban al descubierto grandes extensiones de yeso, y que las vigas carcomidas se hundían cada vez más. La cieguecita no supo nunca que el hierro se enmohecía, que la madera iba pudriéndose, que el papel se gastaba y que la misma casa perdía insensiblemente su forma, sus dimensiones y sus proporciones regulares. La cieguecita no llegó a saber que encima del aparador no había más que una miserable vajilla de barro; que el pesar y el desaliento reinaban en la casa y que los escasos cabellos de Caleb se blanqueaban más y más ante los ojos apagados de su adorada compañera. La cieguecita ignoró constantemente que la mísera pareja tenía un amo frío, exigente, insensible; en una palabra, no supo jamás que Tackleton fuese Tackleton. La cieguecita creía, por el contrario, que Tackleton era un hombre original, que gustaba de embromarlos, y que, desempeñando con respecto a ellos el papel de ángel de la guarda, rechazaba toda muestra de reconocimiento que pudiesen ofrecerle.

Y todo, todo se lo debía la cieguecita a Caleb, todo se lo debía a su excelente padre. Pero Caleb tenía también un grillo en su hogar; y mientras él escuchaba melancólicamente su canto, cuando la niña ciega y privada ya de su madre era muy pequeñita todavía, el buen espíritu del hogar le había inspirado la idea de que el gran infortunio de su hija casi podría ser considerado como una merced del cielo, que permitiría llevar la felicidad a su existencia. Porque es de saber que los grillos forman una tribu de espíritus poderosos, aunque la gente que con ellos se relaciona lo ignore casi siempre; y en el mundo invisible no existen, a buen seguro, voces más dulces y verdaderas, sobre cuyas inflexiones se pueda contar con más fundamento y que nos den con tanta frecuencia consejos suaves y tiernos, que las voces de que se sirven los espíritus del rincón del fuego y del hogar domestico para comunicarse con el género humano.

Caleb y su hija trabajaban juntos en su taller habitual, o por mejor decir, pasaban encerrados en él toda la vida. La habitación era ciertamente muy rara. Veíanse en ella casas terminadas y sin terminar para muñecas de todos los rangos: moradas de arrabal para las muñecas de condición modesta; viviendas compuestas de una sola habitación, con su correspondiente cocina, para las muñecas de las ínfimas clases sociales; suntuosos palacios para las muñecas del gran mundo. Algunas casas estaban amuebladas ya, siempre de acuerdo con la condición y fortuna de las muñecas que las habitaban; otras podían quedarlo en un momento de la manera más rica y dispendiosa a mediar un solo aviso; bastaba tomar lo necesario de los estantes cargados de sillas, mesas, sofás, camas y todo lo que constituye un mobiliario completo. Los personajes de la alta nobleza, los hidalgos de provincia y el público en general, a quienes estaban destinadas tales habitaciones, yacían acá y acullá tendidos en los cestos, con los ojos inmóviles dirigidos al techo; pero sus rangos estaban marcados, y cada individuo había sido colocado en el lugar que le correspondía. La experiencia nos demuestra cuán difícil es, por desgracia, la perfecta colocación en la vida real; pero los fabricantes de muñecas fueron siempre mucho más hábiles que la naturaleza, que suele aparecer con frecuencia tan caprichosa e imperfecta. Los fabricantes, en lugar de atenerse a las distinciones arbitrarias de la seda, la indiana o los tejidos, habían añadido señaladas diferencias, según las clases, que no permitían confusión alguna. De modo, que la ilustre muñeca de alto linaje tenía miembros de cera de simétrica perfección; en el segundo grado de la escala social se empleaba el cuero y en el grado inferior los retazos de tela grosera. En cuanto a las gentes vulgares, tenían fósforos en lugar de piernas y brazos. Por consiguiente, cada muñeca se encontraba definitivamente establecida en su esfera y sin posibilidad de salir nunca de ella, gracias a estas disposiciones positivas.

Además de las muñecas, la habitación de Caleb Plummer contenía gran número de variadas muestras de su industria; tales eran las arcas de Noé, en las cuales cuadrúpedos y volátiles aprovechaban el recinto lo que no es decible; veíaseles unos sobre otros con inaudita confusión, sin perder el más pequeño espacio. Por una licencia poética, pintoresca y valiente, casi todas las arcas de Noé tenían aldabones en la puerta, apéndices poco naturales quizá, en cuanto parecían suponer visitas matinales como la del cartero; pero se habían puesto con el fin de que nada faltase al exterior del edificio. Veíanse también en la habitación de Caleb Plummer docenas de melancólicas y diminutas carretas, cuyas ruedas exhalaban triste música al girar; muchos violines, tambores y otros instrumentos de tortura; grandes masas de cañones, escudos, espadas, lanzas y fusiles; saltimbanquis minúsculos con calzones rojos, que atravesaban incesantemente a cuál mejor altas barreras de cintas rojas y caían, al otro lado, de cabeza; ancianos de aspecto respetable, por no decir venerable, que saltaban constantemente como locos por encima de clavijas horizontales que a este fin habían sido clavadas en sus propias puertas. Veíanse animales de todas suertes; particularmente caballos de todas las razas, desde el cilindro salpicado sostenido por cuatro estacas con una panoja en vez de crin, hasta el caballo saltador pur sang animado de indomable ardor. Hubiera sido difícil enumerar todas las figuras grotescas, siempre prontas a cometer los mayores absurdos mediante una vuelta de manubrio. No hubiera sido fácil citar alguna locura humana, algún vicio o alguna dolencia, cuyo tipo más o menos exacto no se hallase en la habitación de Caleb Plummer. No quiere decir esto que Caleb hubiese recurrido a formas exageradas, porque no se necesitan grandes manubrios para hacernos ejecutar en el mundo a todos, hombres y mujeres, vueltas mucho más raras que las del juguete más extravagante.

En medio de tan heterogéneos objetos, Caleb y su hija trabajaban sentados; la pobre ciega arreglaba una muñeca y él pintaba y barnizaba la fachada con cuatro ventanas de un hotelito burgués.

Las zozobras que reflejaba la expresión del rostro de Caleb; su aspecto soñador y distraído, que hubiera sentado perfectamente a la fisonomía de un alquimista o de un adepto de las ciencias ocultas, formaban a primera vista extraño contraste con la trivial naturaleza de sus ocupaciones y de las frivolidades que le rodeaban. Pero por más triviales que sean los objetos, cuando se inventan y ejecutan para ganar el pan de cada día, toman un carácter muy serio y grave; y, además, no podría aseguraros que si Caleb hubiese sido lord chambelán, o miembro del Parlamento, o jurisconsulto, o especulador, hubiese juzgado menos frívolos sus nuevos juguetes, al paso que es indudable que los suyos eran más inofensivos.

—¿De modo que estabais fuera, a merced de la lluvia, ayer por la noche, padre mío, con el hermoso traje nuevo? —preguntó la hija de Caleb Plummer.

—Con mi traje nuevo —respondió este, dirigiendo una rápida mirada hacia una cuerda, de la cual colgaba la tela de embalaje que describimos antes, puesta cuidadosamente a secar.

—¡Cuánto me gusta que lo hayáis comprado, padre mío!

—¡Y a un sastre tan celebrado! Un sastre enteramente a la moda. Es demasiado hermoso para mí.

La cieguecita interrumpió su trabajo y se echó a reír de todo corazón.

—¡Demasiado hermoso, padre mío! ¿Acaso puede haber algo demasiado hermoso para vos?

—No obstante, casi me da vergüenza usarlo —dijo el anciano, espiando el efecto que sus palabras producían en el rostro radiante de su hija—; puedes creerlo. Cuando oigo a grandes y pequeños que dicen detrás de mí: «¡Vaya un encopetado!», no sé qué cara poner. Y ayer por la noche un mendigo no quería soltarme, obstinado en perseguirme mientras yo le aseguraba que era un hombre vulgar: «No, no; vuestro honor no me convencerá de semejante cosa.» Experimenté verdadera confusión y creí en verdad que no tenía ningún derecho al uso de tan hermoso traje.

¡Cuán feliz era la cieguecita! ¡Qué alegría, qué triunfo para ella!

—Os veo, padre mío —dijo cruzando las manos—, tan claramente como si tuviese los ojos, cuya falta no siento nunca mientras permanecéis a mi lado. Un traje azul...

—Azul claro —dijo Caleb.

—Sí, sí; azul claro —exclamó la joven levantando su radiante faz—: del color que me acuerdo haber visto en el cielo... Un hermoso traje azul claro...

—Amplio y cómodo —añadió Caleb.

—¡Sí, amplio y cómodo! —repitió la cieguecita, riendo a carcajada suelta—. ¡Y llevando este traje, padre mío, me parece veros con vuestra mirada gozosa, vuestra cara sonriente, vuestro paso ligero, vuestros cabellos negros y vuestro aspecto tan joven y tan bello!

—¡Basta, basta! —dijo Caleb—. Voy a volverme vanidoso.

—Creo que lo sois ya —exclamó su hija, dirigiéndole, en medio de su regocijo, una señal llena de malicia—. ¡Os conozco, padre mío! ¡Lo he adivinado! ¿Lo veis?

¡Pobre Caleb! No tenía gran semejanza con

el retrato delineado por su hija mientras permanecía en su mísera silla contemplando a la desdichada.

Su hija había hablado del paso ligero de Caleb, y en lo que a esta parte concernía tenía razón. Hacía muchos años que Caleb no había atravesado la puerta una sola vez con su paso natural, lento y pesado, sino con un paso ficticio, destinado a engañar el oído de su hija; y ni en las ocasiones en que estuviera más amargado su corazón había olvidado la marcha ligera, calculada para hacer más ligera también la vida de su hija y más fácil su valor. ¡Sólo Dios lo sabe! Pero yo creo, por mi parte, que el vago extravío que reinaba en las maneras de Caleb, era en parte originado por la ficción en que se había voluntariamente colocado, en unión de todos los objetos que le rodeaban; por la ficción de aquella perpetua comedia a que se condenara por amor a su hija. Forzosamente el pobre hombrecito había de conservar su aspecto extraviado, después de tantos esfuerzos hechos durante largos años con el fin de destruir su propia identidad y la de todos los objetos que le interesaban.

—Está concluida —dijo Caleb, retrocediendo un paso o dos para juzgar mejor el mérito de su obra—, y tan próxima a la realidad como cincuenta céntimos a una pieza de diez sueldos.

¡Lástima que la fachada de la casa se abra de una sola vez! ¡Si pudiésemos poner una escalera y puertas regulares para penetrar en cada habitación!... He aquí los inconvenientes del oficio; paso la existencia entera forjándome ilusiones, engañándome a mí mismo.

—Habláis en voz muy baja, padre mío. ¿Estáis fatigado?

—¡Fatigado! —repitió Caleb con vivaz empuje—. ¿Qué podría fatigarme? Nunca me fatigué, Berta. ¿Qué quieres decir con estas palabras?

Y para dar fuerza incontestable a sus aserciones se interrumpió a sí mismo en el momento en que involuntariamente iba a imitar a dos figurillas bonachonas que levantaban los brazos y bostezaban sobre el tapete de la chimenea, imágenes perfectas del hastío eterno desde la punta de los pies hasta la punta de los cabellos; y luego empezó a tararear el estribillo de una canción. La canción era báquica; una picardía a la mayor honra del vino espumoso, y Caleb la entonó con voz tan sorprendente, con tan notable animación, que el gozoso canto hacía resaltar mil veces más la delgadez y la congoja de su semblante.

—¿Qué es esto? ¿Pues no me ha parecido oíros cantar? —dijo Tackleton aso-mando la cabeza por la puerta—. ¡Continuad! ¡Continuad! Yo no tengo gana de cantar.

En verdad, nadie hubiera puesto en duda su aserto. No traía cara de cantar cancioncillas.

—No sería yo quien se permitiese cantar —dijo Tackleton—. Me encanta que podáis hacerlo vosotros. Espero que la canción no estorbará vuestra tarea, aunque no sobre el tiempo para hacer ambas cosas a la vez.

—¡Si pudieses verle! —murmuró Caleb al oído de su hija—. ¡Cómo guiña el ojo, Berta! ¡No he visto hombre más gracioso! Si no le conocieras, llegarías a creer que habla en serio, ¿verdad?

La cieguecita sonrió e inclinó la cabeza afirmativamente.

—Cuando un pájaro sabe cantar y no quiere, hay que forzarle, según el proverbio —gruñó Tackleton—; pero cuando un murciélago, que no sabe cantar, que no debería cantar, canta a pesar de todo, ¿qué hay que hacerle?

—¡Qué miradas tan picarescas nos dirige en este instante! —dijo Caleb a su hija—. ¡Cielo santo!

—¡Siempre alegre, siempre de buen humor

cuando viene a vernos! —exclamó Berta, sonriendo.

—¡Ah! ¿Estáis aquí? —respondió Tackleton—. ¡Pobre idiota!

La creía realmente idiota; y se fundaba para creerlo, sea por instinto o por reflexión, en el amor que ella le profesaba.

—Pues bien; puesto que estáis ahí, ¿cómo os encontráis? —preguntó Tackleton con tono malhumorado.

—¡Bien, muy bien! Tan feliz como podáis desear, tan feliz como querríais hacer a todo el mundo, si dependiese de vos.

—¡Pobre idiota! —murmuró Tackleton—. ¡Ni un asomo de razón, ni el menor asomo!

La cieguecita le tomó la mano y la besó; la estrechó un momento entre las suyas, y apoyó en ella su mejilla tiernamente antes de soltarla. Hubo en esta caricia tanto afecto, una expresión tan viva de reconocimiento, que el mismo Tackleton se conmovió hasta el punto de decir con un gruñido menos brutal que de costumbre:

—¿Qué tenéis?

—La coloqué al lado de mi almohada hasta que me fui a dormir ayer por la noche y la soñé. Luego, cuando el día ha llegado, al levantarse el Sol en todo su esplendor..., el Sol rojo, ¿verdad, padre?

—Rojo mañana y tarde, Berta —respondió el pobre Caleb, dirigiendo una mirada llena de profunda tristeza a Tackleton.

—Al levantarse el Sol y mientras su brillante luz, con la que temo siempre tropezar, ha entrado en la habitación, hacia la luz he colocado el pequeño arbusto, bendiciendo al cielo que ha creado cosas tan lindas, y a vos que me las enviáis para hacerme dichosa.

«¡Loca desatada! —pensó Tackleton—. Pronto llegaremos a la camisa de fuerza y a las esposas. ¡Progresamos, progresamos!»

Caleb, con las manos juntas, lanzaba miradas vagarosas, mientras hablaba su hija, como si realmente se preguntase —y creo que así era— si Tackleton había hecho algo para merecer la gratitud de Berta. Si al pobre Caleb, en aquel instante, se le hubiese concedido libertad completa para escoger entre echar de su casa a puntapiés al comerciante de juguetes, o caer a sus plantas reconociendo sus mercedes, creo que se hubiera podido apostar por los dos extremos con las mismas probabilidades de acierto. No obstante, sabía perfectamente que era él mismo quien con sus propias manos había traído a su casa tan cuidadosamente el rosal para su hija, y que eran sus mismos labios los que habían forjado este engaño para borrar en su hija la menor sospecha de las privaciones numerosas, infinitas, que se imponía diariamente para ofrecerle algunos goces más.

—Berta —dijo Tackleton afectando calculadamente un poquillo de cordialidad—, acercaos.

—¡Oh, me acercaré a vos sin ir a tientas! —respondió Berta—. No tenéis necesidad de guiarme.

—¿Queréis que os diga un secreto?

—Lo quiero —respondió con entusiasmo.

¡Cuán radiante, cuán espléndida se puso aquella cara hundida en las tinieblas! ¡Qué aureola tan luminosa rodeó a aquella cabeza en postura interrogante!

—Este es el día en que la pequeña... ¿Cómo se llama? la niña mimada, la mujer de Peerybingle, os hará la visita habitual para disfrutar su extravagante merienda, ¿verdad? —añadió Tackleton con pronunciada expresión de desdén hacia la agradable expansión tradicional.

—Sí, es hoy —respondió Berta.

—Así me lo ha parecido —repuso Tackleton—. Pues bien; quisiera ser de la partida.

—¿Lo oís, padre mío? —exclamó la cieguecita enajenada y fuera de sí.

—Sí, sí, lo he oído —murmuró Caleb con mirada fija de sonámbulo—; pero no lo creo. Será una de tantas ilusiones que me complazco en forjar.

—No; veréis... Es que... deseo aproximar un poco los Peerybingle a May Fielding... Querría que se relacionasen... ¡Voy a casarme con May!

—¡Casaros! —exclamó la cieguecita alejándose bruscamente de él.

—¡El diablo confunda a la idiota! ¡Ya preví que no podría hacerle comprender mi idea! Sí, Berta, me caso. La iglesia, el ministro, el sacristán, el pertiguero, la carroza de cristales, las campanas, el desayuno, la torta de la novia, las cintas de seda, los clarinetes, los trombones y todo el alboroto; una boda, ¿entendéis?, una boda. ¿Sabéis bien lo que es una boda?

—Lo sé —dijo la cieguecita dulcemente—, lo comprendo.

—¿De veras? —murmuró Tackleton—. ¡Gran fortuna! Pues bien; he aquí por qué deseo ser de la partida y traer conmigo a May y su madre. Os enviaré por la mañana alguna cosilla, una pierna fría de carnero, u otra golosina cualquiera de la misma clase. ¿Me esperaréis?

—Sí —respondió Berta.

Había dejado caer la cabeza sobre el pecho y se había vuelto hacia el otro lado; y permanecía en esta postura en pie, con las manos enlazadas, inmóvil y soñadora.

—No creo que me esperaréis —murmuró Tackleton echándole una mirada—. Parece que lo hayáis olvidado todo. ¡Caleb!

—Supongo que puedo atreverme a creer que estoy aquí —pensó Caleb—. ¡Señor!

—Procurad que Berta no olvide lo que le he dicho.

—¡Oh, no temáis! No olvida nunca. Es la única cosa que no sabe hacer.

—Cada cual llama cisnes a sus gansos —gruñó el comerciante de juguetes levantando los hombros—. ¡Pobre diablo!

Después de esta observación maligna, emitida con actitud de soberano desprecio, Gruff y Tackleton se retiraron.

Berta permaneció en el mismo lugar en que él le había dejado, entregada por completo a sus tristes pensamientos. La alegría había desaparecido de su semblante brumoso, lleno ya de profunda melancolía. Tres o cuatro veces sacudió la cabeza como si llorase el recuerdo de un bien perdido; pero sus dolorosas reflexiones no encontraron palabra alguna con que expansionarse.

Caleb, por su parte, estaba ocupado desde algún tiempo en fijar a un coche un tiro de caballos por medio de un procedimiento excesivamente sencillo, que consistía en clavar el arnés en la carne viva del animal. Terminaba ya, cuando su hija se aproximó a su escabel de trabajo y se sentó a su lado, diciendo:

—Padre mío, conozco que he vuelto a caer

en la soledad y en las tinieblas. Necesito mis ojos, mis ojos pacientes y prontos a todas horas.

—Helos aquí —respondió Caleb—, prontos en verdad a todas horas. Son más tuyos que míos, Berta, y puedes disponer de ellos en cualquier instante. ¿De qué modo pueden serte útiles tus ojos?

—Mirad alrededor del cuarto.

—Ya estoy listo —dijo Caleb—. Dicho y hecho, Berta.

—Describídmelo.

—Está como siempre —notó Caleb—, sencillo, pero muy cómodo. Los vivos colores de las paredes, las flores brillantes de los platos, la madera, que aparece limpia y brillante dondequiera que haya vigas y tableros, y el conjunto de alegría y aseo de la casa le dan un aspecto lindísimo.

En efecto: la casa estaba aseada y alegre en el espacio a que podía llegar la mano de Berta; pero en ninguna otra parte se notaba alegría, ni aseo posible, en el antiguo soportal agrietado que la imaginación de Caleb transformaba por arte de encantamiento.

—Lleváis la ropa de trabajo y no estáis vestido tan elegantemente como cuando lleváis el vestido nuevo —dijo Berta, tocando a su padre.

—No tan elegantemente —respondió Caleb—; pero ya estoy bien así.

—Padre mío —dijo la cieguecita acercándosele y pasándole el brazo alrededor del cuello—; habladme de May. ¿Es muy hermosa?

—Sí, ciertamente —dijo Caleb.

Y era verdad. Pocas veces Caleb tuvo que recurrir menos a su imaginación.

—Tiene cabellos negros —añadió Berta, pensativa—, más negros que los míos. Su voz es dulce y armoniosa, lo sé; muchas veces me he complacido oyéndola. Su tipo...

—¡No hay en toda la habitación una muñeca que pueda comparársele! ¡Y sus ojos!...

Pero se detuvo, porque Berta se había colgado más estrechamente a su cuello, y el brazo que le rodeaba le hizo sentir una presión convulsiva, de la que comprendió con demasiada claridad el significado.

Tosió un momento, dio algunos martillazos a sus caballitos vivarachos, y volvió a tararear la canción báquica del vino espumoso, que era su infalible recurso en semejantes dificultades.

—¡Nuestro amigo, nuestro padre, nuestro bienhechor! Nunca me canso de oír hablar de él. ¿Querréis creerlo? ¡Nunca me canso!

—No; claro está —respondió Caleb—, y con razón.

—Sí, sí, con razón —exclamó la cieguecita.

Y pronunció con tanto calor estas palabras, que Caleb, a pesar de la pureza de sus intenciones al engañar la simplicidad de su hija, no osó mirarla a la cara; bajó, por el contrario, los ojos, como si Berta hubiese podido leer en ellos su ficción.

—Pues habladme de él, querido padre —dijo Berta—, una vez y otra. Su rostro benévolo, bueno, tierno, honrado, lleno de franqueza; estoy segura de ello. El corazón generoso que procura ocultar todas sus bondades bajo la apariencia de la rudeza y del mal humor, debe hacerse traición en cada una de sus miradas.

—Cosa que le ennoblece —añadió Caleb con tranquila desesperación.

—Que le ennoblece —repitió la cieguecita—. ¿Tiene más edad que May?

—Sí —dijo Caleb, como a pesar suyo—. Es algo más viejo que May. Pero no importa.

—¡Sí, sí, padre mío! Ser su paciente compañera en la dolencia de la vejez, su guardiana atenta en la enfermedad, su amiga fiel en el sufrimiento y en la aflicción, trabajar por él ignorando la fatiga, velar por él, consolarle, sentarse junto a su cama, hablarle cuando esté despierto ¡qué privilegios tan dichosos para su mujer! ¡Qué ocasiones para probarle toda su fidelidad y su rendimiento! ¿La creéis capaz de hacer todo esto, padre mío?

—Sin duda alguna —respondió Caleb.

—Si es así, amo a May, padre mío; ¡puedo amarla con toda el alma! —exclamó la cieguecita.

Y pronunciando estas palabras, apoyó su pobre semblante, privado de luz, en el hombro de Caleb, llorando de tal manera, que este quedó casi pesaroso de haberla causado una felicidad acompañada de tantas lágrimas.

III

No hubo poco alboroto al día siguiente en casa de John Peerybingle. La señora Peerybingle, naturalmente, no podía dirigirse a lugar alguno sin el chiquitín, y se necesitaba algún tiempo para cargar con él. No quiere decir esto que la señora Peerybingle se hubiese de preocupar mucho de la susodicha mercancía bajo el doble aspecto del peso y del volumen; pero eran indispensables para realizar semejante operación una multitud infinita de cuidados y de precauciones sucesivas. Por ejemplo, cuando se hubo llegado paso a paso a cierto punto de su *toilette*, en cuyo punto hubierais podido suponer razonablemente que con dos o tres toques más nada le hubiera faltado para considerarse como uno de los muñecos mejor empaquetados del orbe, y a punto de desafiar valientemente al mundo entero, hubo que ponerle de pronto un gorro de franela y conducirle a la cuna, haciéndole desaparecer entre dos sábanas por espacio de una hora. Arrancáronle luego a ese estado de inacción y apareció coloradote y dando gritos atroces. Hiciéronle tomar... ¡vaya!, preferiría, si me lo permitieseis, hablar de un modo general..., un piscolabis; después de lo cual se fue a dormir de nuevo. La señora Peerybingle aprovechó este intervalo para ponerse tan rozagante como la que más; y durante esta breve tregua miss Slowboy vistiose un trajecillo de forma tan sorprendente e ingeniosa, que no parecía haber sido confeccionado para ella ni para mujer alguna; era una cosa estrecha que caía en forma de orejas de perro, sin parecerse a ningún otro traje y sin ninguna relación con cualquiera otra prenda de vestir. Luego, el chiquitín, vuelto de nuevo a la existencia, fue embozado por los esfuerzos reunidos de la señora Peerybingle y miss Slowboy, en un manto de color crema; luego le pusieron una gorrita de indiana en forma de tarta. Terminados estos preparativos, bajaron los tres hasta la puerta. Por cierto que el caballo había ya ganado con creces el importe de su trabajo diario, llenando el suelo de autógrafos impacientes, mientras lejos de él, perdiéndose en la obscuridad, el impetuoso Boxer se volvía hacia su camarada como si le invitase a partir sin aguardar la orden de su amo.

Poco conoceríais al honrado John si creyeseis que se necesitó una silla u otro objeto semejante para ayudar a la señora Peerybingle a subir al carro. Antes que hubieseis tenido tiempo de verla en sus brazos, estaba ya sentada en su sitio, fresca y colorada, y decía:

—¿En qué pensáis, John? Acordaos de Tilly.

Si se me permitiese hablar de las piernas de una joven, notaría, a propósito de las de Tilly

Slowboy, que, a causa de una fatalidad singular, estaban expuestas sin tregua a todo género de averías, y que su dueña no efectuaba el menor movimiento de ascenso o descenso sin trazarse en ellas una raya, del mismo modo que Robinsón Crusoe señalaba los días en su calendario de madera. Pero como estas reflexiones podrían parecer inconvenientes, las guardaré para mí.

—John —prosiguió Dot—, ¿habéis tomado el cesto que contiene el pastel de jamón, algunas otras cosillas y las botellas de cerveza? Si no lo habéis recogido, tenemos que volver en seguida.

—Me gusta la cachaza que tenéis —dijo el mandadero— de hablarme de desandar el camino, después de haberme hecho retrasar más de un cuarto de hora.

—Lo siento mucho, John —repuso Dot muy turbada—; pero de ningún modo me atrevería a presentarme en casa de Berta..., de ningún modo, John..., sin el pastel de jamón, las demás cosillas y las botellas de cerveza. ¡Soo!...

La última palabra se dirigía al caballo, que no hizo el menor caso.

—¡Deteneos, John, os lo suplico! —exclamó la señora Peerybingle.

—Podríais pedir que me detuviese —respondió John—, si hubiese olvidado algo. El cesto está en el carruaje, en lugar seguro.

—¡Qué corazón de monstruo tenéis, John! ¡Y no habérmelo dicho en seguida! Por todo el oro del mundo no hubiera ido a casa de Berta sin el pastel, las demás cosillas y las botellas de cerveza. Invariablemente, cada quince días, desde que nos casamos, celebramos con Caleb y su hija nuestras fiestecillas. Si cualquier incidente turbase su regularidad, me parecería un funesto presagio.

—Vaya, no tuvisteis mala idea el día en que se os ocurrió iniciar esta costumbre —dijo el mandadero—, y esto os honra, mujercita.

—Querido John —respondió Dot ruborizándose—, no digáis estas cosas. ¡Cielo santo!

—A propósito —observó el mandadero—, ese anciano...

Nueva turbación por parte de Dot, y por cierto muy visible.

—Es extraño, muy extraño —prosiguió John mirando hacia adelante—. No puedo explicármelo. Sigo suponiendo que nada hemos de temer de su parte.

—No, no, de ningún modo... Estoy... estoy enteramente segura de su honradez.

—¿De veras? —preguntó el mandadero, dirigiéndole su mirada, atraída por la vivacidad de su lenguaje—. Me satisface que estéis tan convencida de ello, porque confirmáis mis ideas. De todos modos, es muy curioso que se le ocurriese pedirnos hospitalidad. ¡Se ven cosas tan raras en el mundo!

—¡Qué cosas tan raras! —repitió Dot en voz baja, tan baja que apenas se oía.

—A pesar de todo, es un viejo *gentleman*[2] —añadió John—, que paga como buen gentleman; de manera, que bien creo que pueda fiarse uno de su palabra como de la palabra de un gentleman. Esta mañana he conversado largamente con él; me entiende mejor, lo cual, según dice, es debido a que se va acostumbrando a mi voz. Me ha hablado mucho de sí mismo. ¡Qué preguntas tan particulares me ha hecho! Le he dicho que yo hacía dos viajes, como sabéis, obligado por mi oficio; un día, a la derecha, salida de casa y vuelta, y al día siguiente a la izquierda, salida de casa y vuelta —porque él es extranjero y desconoce los nombres de los pueblos—; me pareció quedar satisfecho. «De modo que esta noche volveré a casa —me ha dicho— siguiéndoos a vos, siendo así que creía, por el contrario, que hoy tomaríais el camino opuesto. ¡Muy bien! Quizá os moleste todavía rogándoos que me ofrezcáis de nuevo un lugar en vuestro carruaje; pero me comprometo a no caer otra vez en sueño tan profundo como el pasado». Porque, lo que

---

[2] Caballero.

es la otra vez, dormía profun... ¿En qué pensáis, Dot?

—¿En qué pienso? Os... os... escuchaba.

—¡Bien, bien! —dijo el mandadero—. Temí, al ver vuestro aspecto distraído, haber hablado con tanto exceso, que os hubiese llevado a pensar en otra cosa. He estado a punto de creerlo.

Dot no respondió ni una sola palabra, y el carruaje siguió por algún tiempo avanzando en silencio. Pero no era cosa fácil la mudez en el carruaje de John Peerybingle, porque cuantos pasaban por su camino tenían algo que decirle, aunque sólo fuese un «¿Cómo estáis?», y realmente, no solían decirle cosas de mucha más importancia. Y era necesario responder con toda la cordialidad posible, no sólo con una inclinación de cabeza o una sonrisa, sino con un saludable ejercicio de pulmones, ni más ni menos que si se tratase de un discurso de grandes alientos, pronunciado en la Cámara. Algunos caminantes, peatones o jinetes, acercábanse a uno y otro lado del carro, marchando así un rato para charlar, y entonces se hablaba de lo lindo de una y otra parte.

Luego, Boxer daba lugar a amistosos reconocimientos recíprocos mejor de lo que hubieran sabido hacerlo media docena de cristianos. Todo el mundo conocía al perro, especialmente las gallinas y los cerdos, que al notar que Boxer se aproximaba, mirando de soslayo, con las orejas levantadas para escuchar junto a las puertas y con la extremidad de la cola en forma de trompeta, retirábanse inmediatamente a los lugares más escondidos de la casa, sin aguardar el honor de trabar con él más íntimo conocimiento. Boxer se cuidaba de todo: se perdía en los más insignificantes recodos, miraba el fondo de los pozos, penetraba con gran empuje en el interior de las chozas, saliendo luego con la misma petulancia; hacía irrupción en las casas de los maestros de escuela, aterrorizaba los palomos, hacía encrespar la cola de los gatos y se paseaba por los figones como persona bien enterada de los alrededores del camino.

Dondequiera que fuese, se oía una voz que decía: «¡Ea, aquí está Boxer!», y el dueño de la voz salía en seguida, acompañado de dos o tres personas por lo menos, para saludar a John Peerybingle y a su linda mujercita.

Los fardos y los paquetitos colocados encima del carruaje de John eran muy numerosos, por cuyo motivo el mandadero se detenía con frecuencia para entregar o recibir. Y estos momentos no constituían, por cierto, la parte menos agradable del viaje. Algunos esperaban los paquetes con gran impaciencia; otros se maravillaban al recibirlos, y los de más allá no cesaban de recomendar especialmente sus paquetes. El mismo John se tomaba un interés tan real por todos los paquetes, que de él resultaban frecuentes escenas de comedia. Además, John no podía encargarse de algunos artículos sin madura reflexión, sin discusión previa; y tenían lugar entre el mandadero y los expedidores largas conferencias en toda regla, a las que solía asistir Boxer, haciéndose notar en ellas por breves accesos de muy seria atención, y, sobre todo, por largos accesos de locura en que corría como un desesperado alrededor del grave areópago ladrando hasta enronquecerse. Dot, inmóvil en su asiento, dentro del carruaje, se entretenía con todos estos incidentes, y al mirar al exterior formaba un lindísimo cuadro, bajo el marco del toldo. De modo, que puedo aseguraros que los jóvenes, al verla, nunca dejaban de tocarse con el codo, mirarse unos a otros, hablar bajo y envidiar la suerte del feliz John; y el feliz John se arrobaba al notarlo, porque estaba orgulloso de su mujercita y sabía que Dot no hacía caso de los admiradores..., aunque tampoco le disgustase oírles.

El viajecito no se hacía con tiempo despejado, porque corría a la sazón el mes de enero y el tiempo era frío y rudo. Pero, ¿quién se inquietaba por tan poco? No sería Dot, seguramente; ni Tilly Slowboy, porque para ella, ir en coche, de cualquier modo que fuese, era el supremo grado de las dichas humanas, el colmo de las esperanzas del miserable mundo; ni el niño, me atrevería a jurarlo, porque jamás niño alguno, cualquiera que fuese su capacidad bajo este doble aspecto, estuvo más caliente ni más profundamente dormido que el bienaventurado Peerybingle menor, durante toda la ruta.

No se podía divisar grandes distancias a consecuencia de la bruma, pero esta no era impenetrable ni mucho menos. Admira ciertamente el gran número de cosas que pueden verse entre una bruma más espesa todavía que aquélla por poco que quiera tomarse el trabajo de mirar. En fin: sólo el contemplar desde el asiento las rondas de hadas y los montones de escarcha, que permanecían aún a la sombra de los vallados y los árboles, constituía una agradable ocupación; esto sin contar con las formas impensadas que presentaban los árboles de pronto, desprendiéndose de la bruma para hundirse en ella de nuevo. Los setos, enmarañados, despojados de sus hojas, abandonaban al viento gran número de guirnaldas marchitas; pero este espectáculo no era entristecedor. Resultaba, al contrario, agradable, porque hacía resaltar mucho más el atractivo de un rincón del hogar que poseyerais durante el invierno, y os hacía más hermosa la esperanza de la próxima primavera. El río parecía aterido, pero seguía corriendo y aun corría dulcemente; sólo que el curso era algo lento y torpe, pero no importaba; no por eso se helaría con menos dilación cuando el frío se hiciese sentir con todo su rigor, y entonces todo el mundo iría allí a patinar, a resbalar, y las viejas barcazas, aprisionadas por el hielo junto al muelle, echarían humo por las chimeneas enmohecidas, disfrutando un poco de agradable ocio.

Más lejos, en el campo, ardía un montón de yerbajos y rastrojos. Los viajeros contemplaron el fuego de pálido aspecto que dejaba ver a la luz del día, a través de la bruma, y aquí y allá, la claridad de una llama rojiza, hasta que Miss Slowboy, a consecuencia de la observación que hizo de que «el humo le subía a la nariz» —era su costumbre cuando algo le molestaba—, se sofocó y despertó al niño, que ya no quiso volver a dormirse.

IV

Boxer, que se había adelantado cosa de un cuarto de milla, había ya pasado los arrabales del pueblo, llegando al rincón de la calle en que vivían Caleb y su hija. De modo que mucho tiempo antes que los Peerybingle hubiesen llegado a la puerta de la casa, Caleb y la cieguecita estaban en la acera dispuestos a recibirlos.

Boxer, dicho sea de paso, en sus relaciones con Berta hacía ciertas distinciones sutiles que nos permiten creer, sin duda alguna, que conocía su ceguera. No procuraba nunca llamar su atención mirándola, como solía hacerlo con los demás; siempre se acercaba a ella para darse a conocer por medio del tacto. Ignoro la experiencia que pudiese haber adquirido acerca de la ceguera de los hombres o de los perros; no había vivido nunca con ningún ciego, ni el señor Boxer padre, ni la señora Boxer, ni ningún otro miembro de su respetable familia, tanto de la rama paterna como de la materna, sufrió semejante dolencia, que yo sepa. Quizá había llegado a sus conclusiones sorprendentes por medio de un proceso individual; pero lo indudable es que sabía comunicarse perfectamente con los ciegos. Sujetó, pues, a Berta por los bajos de su vestido sin soltar la presa hasta que la señora Peerybingle, el niño, miss Slowboy y el cesto hubieron entrado en la casa unos tras otros.

May Fielding había llegado ya con su madre, una mujercita vieja, gruñona, de faz malhumorada, que gracias a haber conservado una cintura flexible como un junco, tenía fama de haber lucido durante su juventud uno de los talles más distinguidos de su época. Sea porque en otro tiempo se hubiese visto en mejor situación económica, sea por conservar la idea de que hubiera podido alcanzarla si hubiese llegado algo que no llegó nunca y que no parecía tener la menor probabilidad de llegar, afectaba los modales de las personas elegantes y adoptaba aires de protección. Gruff y Tackleton estaba también allí, haciéndose el agradable con el aspecto de un hombre que se encuentra tan a su gusto y tan incontestablemente en su elemento propio como un salmón recién nacido en la cima de la gran pirámide.

—¡May, amiga del alma! —exclamó Dot, corriendo a su encuentro—. ¡Qué felicidad!

Su amiga del alma estaba tan gozosa como la misma Dot; era un espectáculo delicioso el que May y Dot dieron al abrazarse. Hay que confesar que Tackleton era hombre de buen gusto: May era encantadora.

A veces, cuando estamos acostumbrados a admirar una cara bonita, y un día la vemos por casualidad junto a otra cara bonita, la comparación nos inclina a encontrar la primera vulgar y sosa. Pues bien; entonces ocurrió todo lo contrario, tanto por parte de Dot como por la de May, tanto por parte de May como por la de Dot; porque la cara de Dot hacía sobresalir la de May, y la cara de May la de Dot, de un modo tan natural y tan agradable que, como estaba pronto a decir John Peerybingle al entrar en la habitación, hubieran debido ser hermanas, aserción que, a decir verdad, parecía muy acertada.

Tackleton había llevado la pierna de carnero y, ¡caso prodigioso!, una torta a modo de extraordinario —bien podemos permitirnos un poquillo de prodigalidad cuando se trata de nuestras novias; no nos casamos todos los días—. Uniéronse a estas golosinas el pastel de jamón y las «demás cosillas», como decía la señora Peerybingle, esto es: nueces, naranjas, pastelillos y otras menudencias. Cuando se sirvió la comida, a la que se había añadido el escote de Caleb, que consistía en una enorme cazuela llena de patatas humeantes —una convención solemne le prohibía aportar otros comestibles—, Tackleton condujo a su futura suegra al lugar preferente. Para mostrarse más digna de él en semejante solemnidad, la majestuosa anciana se había adornado con un gorro calculado para inspirar sentimientos de respetuoso temor a los más indiferentes. Calzaba guantes. ¡Antes morir que renunciar al bien parecer!

Caleb se sentó cerca de su hija; Dot al lado de su amiga de la infancia; el mandadero se sentó al extremo de la mesa. Miss Slowboy quedó momentáneamente aislada de todo mueble que no fuese la silla en que se sentaba, a fin de que no tuviese a su alcance obstáculo alguno en que pudiese tropezar la cabeza del niño.

Como Tilly contemplase a su alrededor con aspecto asombrado las muñecas y los juguetes, estos a su vez la miraron también abriendo los ojos desmesuradamente. Los ancianos de aspecto venerable —todos en pleno ejercicio de cabriolas contra la puerta de sus casas— demostraban sentir particular interés por la fiesta; parábanse a veces antes de saltar, como si escuchasen la conversación; luego empezaban de nuevo con energía hercúlea su extravagante salto un sinnúmero de veces, como si sus perpetuos tumbos les causasen frenético alborozo. Lo que es muy seguro es que, por poco dispuestos que estuviesen dichos ancianos a experimentar un maligno placer ante la cómica situación de Tackleton, podían hacerlo a su sabor con sobrado motivo. Tackleton estaba lejos de su esfera; cuanto más alegre se sentía su futura en compañía de Dot, menos le gustaba el cariz de la reunión, aunque él la hubiese provocado. Porque hay que notar que Tackleton era un verdadero haz de espinas; cuando todos reían, sin que él comprendiese la causa, sospechaba inmediatamente que se reían de él.

—¡May de mi alma! —exclamó Dot—. ¡Cómo hemos cambiado! ¡Cuánto rejuvenece hablar de los felices tiempos de la escuela!

—Me parece que no sois muy vieja todavía —interrumpió Gruff y Tackleton.

—¡Mirad qué marido tengo tan serio, tan grave! Añade, por lo menos, veinte años a los míos, ¿no es verdad, John?

—Cuarenta —respondió este.

—Y vos —continuó Dot riendo—, ¿cuántos años añadiréis a los de May? No puedo decirlo exactamente; pero a su próximo cumpleaños no tendrá menos de un siglo.

—¡Ja, ja! —exclamó Tackleton, pero con una risa hueca como un tambor, acompañándola de cierta mirada dirigida a Dot que parecía revelar la siniestra idea de retorcerle el cuello.

—Amiga May —añadió Dot—: ¿os acordáis de qué modo charlábamos en la escuela sobre los maridos que llegaríamos a tener un día? ¡Cuán hermoso, joven, alegre y amable quería yo al mío! ¡Y el vuestro, May! Querida mía, no sé si reír o llorar, al acordarme de las locuras de nuestra juventud.

May pareció estar resuelta sobre el partido que debía tomar; sus mejillas coloreáronse vivamente, y las lágrimas acudieron a sus ojos.

—¿Y aquellos jóvenes de carne y hueso en que habíamos pensado algunas veces pasándoles revista? —continuó Dot—. ¡Cómo podíamos figurarnos el camino que tomarían las cosas! No había yo pensado nunca en John, a buen seguro. Y si os hubiese dicho que os casaríais con el señor Tackleton, me hubierais administrado un lindo soplamoco. ¿No es verdad, May?

Aunque May no lo afirmara, no lo negó; no pensó ni por un instante en tomar tal resolución.

Tackleton reía, reía destempladamente, o, mejor aún, gritaba en vez de reír. John Peerybingle reía también, pero con su risa habitual franca y bonachona, de modo que su risa era un murmullo al lado de la risa de Tackleton.

—Y, a pesar de todo —dijo este—, no habéis podido escapar, no habéis podido resistir. Nosotros quedamos en pie; ¿dónde están vuestros jóvenes y alegres prometidos?

—Unos han muerto —respondió Dot—, otros fueron olvidados. Si algunos de estos pudiesen comparecer ante nosotras, no querrían creer que fuésemos las mismas mujeres; no darían crédito a sus ojos ni a sus oídos, y no querrían persuadirse de que les hayamos olvidado. ¡No, no lo querrían creer!

—¡Dot, Dot, mujercita! —exclamó el mandadero.

Dot había hablado con tanta vivacidad y con tanto fuego, que sin duda John obró acertadamente al llamarla al orden. La advertencia de su marido era muy dulce, y su intervención motivada por el único fin de proteger a Tackleton; pero produjo el efecto deseado, porque Dot calló sin añadir una palabra más. Pero advertíase una agitación, aun en su silencio, que el astuto Tackleton observó sagazmente y conservó en su memoria para la ocasión propicia.

May callaba también, y permanecía inmóvil, dirigiendo los ojos al suelo con aspecto de indiferencia. Pero su distinguida señora madre intervino a su vez, observando que las muchachas eran muchachas, que lo pasado era pasado y que, «mientras la juventud sea loca y aturdida, obrará con locura y aturdimiento». Después de haber pronunciado dos o tres proposiciones más de sentido no menos sólido y carácter no menos incontestable, declaró, inspirada por un sentimiento de piedad reconocida, que daba gracias al cielo por haber hallado siempre en May una hija respetuosa y obediente, de lo cual no se atribuía en modo alguno el mérito, aunque tuviese sólidas razones para creer que tales resultados eran debidos a su perspicacia. En cuanto al señor Tackleton, dijo que, «desde el punto de vista moral, era un individuo presentable, y que, desde ciertos puntos de vista, podía darse por satisfecha de tenerle por yerno; sería necesario haber perdido la cabeza para afirmar lo contrario» —y dijo la última frase con tono altamente enfático—. En cuanto a la familia en que iba a ser admitido, después de haber solicitado este honor, juzgaba que el señor Tackleton no ignoraba que si su bolsa era algo reducida, no por esto tenía menos justas pretensiones de nobleza, y que si ciertas circunstancias, referentes al comercio del índigo —accedió a decir, aunque sin entrar en más pormenores—, se hubiesen presentado de distinto modo, hubiera podido hallarse al frente de una gran fortuna. Hizo luego hincapié en su firme voluntad de no querer aludir de nuevo al pasado, ni recordar que su hija, durante algún tiempo, había rechazado las peticiones del señor Tackleton, y dijo que no quería hablar de otros muchos asuntos, sobre los cuales disertó, no obstante, largo y tendido. Por fin, resumió sus aserciones, afirmando que el resultado general de su observación y de su experiencia le hacía creer que los matrimonios en que menos entrase lo que se llama amor, en el necio lenguaje de las novelas, serían los más felices, y que, por lo tanto, profetizaba al matrimonio, cuya celebración se acercaba, la mayor suma posible de felicidad; no una de esas felicidades que brillan y desaparecen como fuego de sarmientos, sino una felicidad bien establecida y sólidamente apoyada. Y terminó advirtiendo a los presentes que el día siguiente, o sea el de la boda, era el que más había ambicionado siempre, y que una vez transcurrido este día, no desearía más que ser embalada y expedida para cualquier benévolo y hospitalario cementerio.

Como no había absolutamente nada que objetar a estas afirmaciones, feliz ventaja de todas las afirmaciones caracterizadas por desenvolverse en el campo de las generalidades, variose el curso de la conversación, y derivó la atención de los concurrentes al pastel, a la pierna de carnero, a las patatas y a la torta. Con el fin de que no se cometiese el yerro de dejar pasar inadvertidas las botellas de cerveza, John Peerybingle propuso un brindis en honor del día siguiente, o sea el de la boda, y pidió que se realizase antes de proseguir su viaje.

Porque bueno es que sepáis que John no hacía más que descansar un instante en casa de

Caleb y ofrecer un celemín de avena a su caballo. Tenía que hacer todavía cuatro o cinco millas de camino, y por la noche, a su vuelta, al pasar por la casa de Caleb, entraría a buscar a su mujer, según el programa de la fiesta, fielmente observado desde el día de su institución.

Además de Tackleton y su novia, hubo dos personas más que hicieron poco honor al brindis. Fue una de ellas Dot, demasiado inquieta y turbada para tomar parte en todos los incidentes de la fiesta; la otra fue Berta, que se levantó precipitadamente antes que los demás y abandonó la mesa.

—¡Adiós! —exclamó el robusto John Peerybingle, cubriéndose la espalda con su abrigo impermeable—. Estaré de vuelta a la hora de costumbre.

—¡Adiós, John! —respondió Caleb.

Caleb pronunció maquinalmente esta despedida y le saludó con la mano por rutina; en aquel mismo instante observaba a su hija con una mirada inquieta que nunca alteraba la expresión de su fisonomía.

—¡Adiós, granuja! —prosiguió el mandadero, inclinándose para besar al chiquitín que Tilly Slowboy, absorbida entonces por el uso de su tenedor y su cuchillo, había colocado, dormido aún —caso raro, sin accidente alguno—, en una casita amueblada por la mismísima Berta. Adiós. ¿Cuándo irás a desafiar el frío en mi lugar, amiguito, dejando a tu padre el cuidado de la pipa y los reumatismos en el rincón del hogar? Vaya, ¿dónde está Dot?

—¡Aquí estoy, John! —exclamó como si despertara súbitamente.

—¡Vamos, vamos! —continuó el mandadero dando palmadas—, ¿dónde está la pipa?

—¡Me había olvidado por completo de la pipa, John!

—¡Olvidarse de la pipa! ¡Viose nunca caso semejante! ¡Dot, Dot, la misma Dot olvidarse de la pipa!

—¡La arreglaré en seguida!... Pronto estará lista.

No obstante, no estuvo lista muy pronto. La pipa estaba en su lugar ordinario, en el bolsillo del impermeable, con el lindo bolso de tabaco, obra de Dot; pero la mano de Dot temblaba de tal manera, que la mujercita llegó a un estado de completa turbación, aunque, a pesar de todo, tenía la mano lo suficientemente pequeña para que pudiese salir de allí. Hay que reconocer que su torpeza fue inaudita. Yo, que os había elogiado su habilidad para llenar la pipa y encenderla, he de confesar que realizó pésimamente semejantes operaciones. Durante aquellos azarosos instantes permaneció Tackleton contemplándola maliciosamente con su ojo entornado, y siempre que este encontraba a los de la muchacha, —o los cazaba, mejor dicho, porque no era posible que ningunos otros osaran afrontarle, pues era una verdadera trampa— aumentaba hasta el extremo la confusión de Dot.

—¡Dios mío! Dot, ¡qué desafortunada estás hoy! —advirtió John—. Creo que la hubiera llenado mejor yo mismo.

Después de estas palabras pronunciadas sin malicia ninguna, marchó acompañado de Boxer, del caballo y del coche, que empezaron concertadamente una alegre música a lo largo del camino.

V

Caleb, pensativo aún, contemplaba a Berta con la misma expresión de estupor retratada en su cara.

—Berta —dijo por fin dulcemente—: ¿qué ha ocurrido? ¡Cuánto has variado desde esta mañana! ¡Has estado triste y silenciosa todo el día! ¿Qué tienes? Dímelo.

—¡Padre, padre! —exclamó la cieguecita hecha un mar de llanto—. ¡Qué suerte tan cruel la mía!

Caleb, antes de responderle, se pasó la mano por los ojos.

—Acuérdate, Berta, de lo alegre y feliz que has vivido, siempre buena y amada de todo el mundo.

—Esto es lo que me hiere el corazón, padre mío. ¡Veros siempre tan solícito, tan bueno para conmigo!

Caleb no acertaba a comprenderla.

—Ser..., ser ciega, Berta, querida hija mía —balbuceó—, es un gran pesar, pero...

—No lo he sentido jamás —exclamó la joven—, no lo he sentido jamás, al menos en su plenitud. ¡Nunca! Sólo algunas veces he deseado veros y verle a él, aunque no fuese más que un instante, un instante rapidísimo, para poder conocer, por medio de mis ojos, las imágenes que conservo aquí —y puso la mano sobre el corazón— como un tesoro precioso, para tener la seguridad de que no me había engañado. Y algunas veces —pero entonces era una niña— he llorado durante mis oraciones de la noche, pensando que vuestras queridas imágenes, que subían de mi corazón al cielo, podían no ser muy semejantes a vosotros. Pero no he experimentado por largo tiempo tales sentimientos: se disiparon ya, dejándome tranquila y satisfecha.

—Y volverá a suceder lo mismo aho-ra —dijo Caleb.

—¡Pero, padre mío queridísimo, tiernísimo padre, sed indulgente conmigo! ¡Soy tan culpable! —continuó la ciega—. No es este el pesar que me aflige hoy.

Caleb no pudo contener las lágrimas que inundaban sus ojos, ¡tan conmovida estaba la voz de Berta y tan patético era su acento! No obstante, no la comprendía aún.

—Decidle que venga —prosiguió Berta—; no puedo guardar por más tiempo este secreto en el interior de mi pecho. ¡Decidle que venga, padre mío!

Y notando que su padre vacilaba, añadió:
—Llamad a May.

May oyó pronunciar su nombre, y, acercándose a Berta, le tocó el brazo. La cieguecita se volvió en seguida y le cogió ambas manos.

—Mirad mi rostro, amiga mía —dijo—. Leed en él con vuestros hermosos ojos y decidme si la verdad se refleja en él.

—Sí, Berta mía...

La cieguecita, levantando su rostro sin mirada, a lo largo del cual corrían abundantes lágrimas, le hablé así:

—¡No han pasado por mi alma ni un deseo ni un pensamiento que no os deseen la felicidad, May! No conservo en mi alma un recuerdo de gratitud mayor que el recuerdo profundamente grabado en mí de las numerosas muestras de atención que disteis vos, que podríais enorgulleceros de vuestros ojos y de vuestra belleza, a la pobre ciega Berta, hasta cuando éramos niñas, si es que los ciegos tienen niñez. ¡Que todas las bendiciones del cielo caigan sobre vuestra cabeza! ¡Que todos sus esplendores brillen en vuestro feliz camino!

Y en este momento se acercó más a su amiga, cuyas manos estrechó, redoblando su cariño.

—¡Me alegro, os lo aseguro, aunque la noticia de que vayáis a ser su mujer haya torturado mi corazón hasta destrozarlo! ¡Padre mío, May,

May, perdonadme este sentimiento tan natural! ¡Acordaos de todo lo que he hecho para aligerar las penas de mi triste existencia sumergida en las tinieblas! Pues bien; a pesar de todo, podéis creerlo, tomo al cielo por testigo de que no podía desearle una esposa más digna de su bondad.

Mientras pronunciaba estas palabras había soltado las manos de May Fielding para cogerle el vestido, al cual permanecía agarrada en una actitud mezcla de súplica y ternura; hasta que, tomando un aspecto cada vez más humilde a medida que avanzaba en su extraña confesión, se dejó caer a los pies de su amiga y ocultó su rostro ciego en los pliegues del vestido de May.

—¡Dios mío! —exclamó Caleb, sintiendo súbitamente que la luz de la verdad resplandecía ante sus ojos—. ¡La he engañado desde la cuna para llegar a destrozarle el corazón!

Afortunadamente para todos, Dot, la radiante, oportuna, activa y diminuta Dot —porque hay que reconocer que reunía todas estas cualidades, a pesar de todos sus defectos, y aunque más adelante hayáis de odiarla —estaba allí, y sin su presencia no puede preverse cómo hubiera terminado el lance. Dot, recobrando su ánimo, intervino antes que May pudiese replicar o Caleb decir una palabra más.

—¡Venid, venid, querida Berta! Venid conmigo. Dadle el brazo, May. Muy bien. ¿Veis? Ya está más tranquila y pronta a escucharnos —dijo la alegre mujercita besándola en la frente—. Venid, venid, querida Berta. Y he aquí que su padre vendrá con ella. ¿Verdad, Caleb?

—¡Bien, bien, bravo!

Dot se conducía en estas ocasiones con tanta nobleza, que se hubiera necesitado un corazón muy duro para resistir a su influjo. Cuando hubo hecho acercarse al pobre Caleb al lado de su hija Berta, a fin de que pudiesen consolarse y comunicarse valor uno a otro —bien sabía que sólo ellos podían consolarse mutuamente—, volvió en un abrir y cerrar de ojos, fresca como una rosa, según suele decirse —y aún más fresca que una rosa, según mi parecer—, a montar la guardia alrededor de la *almidonadita* señora Fielding, la del cuello alto, la de cabeza cubierta con el gorro majestuoso y las manos enguantadas, temiendo que la pobre vieja llegase a descubrir algún detalle enojoso.

—Traedme el muñequillo, Tilly —dijo acercando una silla al fuego—. Mientras esté sobre mis rodillas, Tilly, la señora Fielding me dirá cómo deben cuidarse los niños, y me enseñará una porción de cosas que ignoro enteramente. ¿Viene usted, señora Fielding?

Ninguna rata ha caído jamás en la ratonera con la facilidad con que la anciana cayó en el lazo que le tendía Dot. La marcha de Tackleton, que había salido para dar una vuelta, y sobre todo los murmullos de dos o tres personas hablando juntas y sin contar con ella durante dos o tres minutos, abandonándola a sus propios recursos, hubieran bastado para renovar su aire doctoral y hacerle empezar de nuevo la expresión de sus pesares —que hubiera durado veinticuatro horas—, debidos a la misteriosa y fatal revolución acontecida en el comercio de índigo. Pero una deferencia tan señalada para con su experiencia como la recibida de la joven madre, fue tan irresistible, que después de algunos alardes de modestia empezó a iluminar la cabecita de Dot con la mejor galantería del mundo. Sentada, erguida, y junto a la maliciosa señora Peerybingle, fue dándole durante media hora tantas recetas infalibles y preceptos domésticos, que hubieran bastado —si se la hubiese creído— para arruinar completamente la salud del pequeño Peerybingle, aunque hubiese tenido la fortaleza de Sansón desde la cuna.

Para cambiar de tema, Dot se puso a coser; no he podido comprender cómo se las componía; pero lo cierto es que siempre llevaba en el bolsillo el contenido de un enorme saco de labor; luego meció un poco al niño; volvió a la labor por breves instantes y trabó conversación en voz baja con May, mientras su madre echaba una siestecita; de modo que, dividiendo el tiempo así, terminó la tarde.

Por la noche, según ordenaba una de las solemnes convenciones de la institución de la fiesta, Dot debía encargarse de los quehaceres del hogar de Berta; de modo que se encargó del fuego, preparó la mesita de té, arregló las cortinillas y encendió una vela. Después de todo lo dicho, tocó una o dos canciones en una especie de arpa groseramente fabricada por Caleb y su hija; por cierto que tocó muy bien, porque la Naturaleza le había dado una linda orejita, tan a propósito para la música, como lo hubiera sido para los pendientes, si Dot hubiese querido llevarlos. Al dar la hora del té, Tackleton compareció para tomar una taza y pasar la noche con ellos. Caleb y Berta habían entrado de nuevo hacía algún tiempo. El buen hombre reanudó su trabajo interrumpido; pero apenas sabía lo que se hacía, tan inquieto estaba y tales remordimientos sentía por la suerte de su hija. Ofrecía un espectáculo enternecedor con los brazos cruzados, abandonando su trabajo sobre el escabel y repitiendo incesantemente: «¡La he engañado desde la cuna para despedazarle el corazón!»

Cuando la obscuridad fue completa y todos

hubieron tomado el té; cuando Dot hubo lavado tazas y platos, y cuando cada rumor lejano de la calle parecía anunciarle, al acercarse, la vuelta del mandadero, Dot cambió de aspecto, y se coloreaba y palidecía sucesivamente sin poder estar quieta un solo instante. Mas no era su azoramiento comparable al que experimentan las esposas buenas cuando creen oír llegar a sus maridos. No, no, no. Su inquietud era muy otra.

Se oye el ruido de las ruedas, el paso de un caballo, los ladridos de un perro. Y los heterogéneos sonidos se acercan poco a poco.

VI

Boxer golpeó la puerta.

—¿De quién es ese paso? —preguntó Berta.

—¿Qué paso? —respondió el mandadero bajo el dintel adelantando el rostro bronceado, enrojecido como la flor de la granada por el aire vivo de la noche—. ¡Pardiez!, es el mío.

—Hablo del otro —respondió Berta—, del hombre que anda detrás de vos.

—No hay medio de engañarla —dijo John riendo—. Entrad, caballero, seréis bien recibido, no temáis.

Pronunció las últimas palabras con voz ensordecedora, y, entretanto, el caballero anciano penetró en la habitación.

—El caballero no os es completamente desconocido, Caleb; le habéis visto una vez en mi casa. Supongo que le ofreceréis hospitalidad hasta que partamos.

—Ya lo creo, John; me honraré teniéndole a mi lado.

—Por cierto, que es el compañero más cómodo que pueda hallarse en el mundo entero, cuando hay que decir algún secreto. Tengo los pulmones bastante robustos; pero me los pone a prueba, os lo aseguro. Sentaos, caballero. Es gente amiga, y que se complace en teneros a su lado.

Después de haber dado esta seguridad al extranjero, con una voz que confirmaba ampliamente lo que acababa de decir de sus pulmones, añadió con tono natural.

—Con una silla junto a la chimenea, y con que se le deje en paz para poder mirar con toda tranquilidad a su alrededor, tiene lo que necesita. No es muy difícil contentarle.

Berta había escuchado al mandadero con profunda atención. Llamó a Caleb, y cuando este hubo acercado al fuego una silla para el extranjero, le rogó que le describiera el semblante de este. Cuando Caleb lo hubo hecho —esta vez sin mentir y con escrupulosa fidelidad—, hizo un ligero movimiento, el primero que se le pudo notar desde que entrara el desconocido, y pareció no cuidarse más del anciano.

El mandadero estaba de muy buen humor y más enamorado que nunca de su mujercita.

—¡Qué torpe has estado esta tarde! —le dijo pasando alrededor de su cintura su brazo rudo, mientras ella permanecía en pie, alejada de todo el mundo—. Pero, ¡no importa!, te quiero del mismo modo. Mirad hacia allí, Dot.

Y señalaba al anciano con el dedo.

Dot bajó los ojos. Creo poder asegurar que tembló.

—Es un buen muchacho. Me ha hablado muy bien de vos. Es un buen hombre. Me es simpático.

—¡Preferiría que hubiese escogido otro tema mejor! —respondió Dot, mirando inquieta a su derredor, especialmente a Tackleton.

—¡Un tema mejor! —exclamó John regocijado—. Se encontrarían muy pocos. Vamos, fuera el abrigo, abajo el pañuelo, abajo la pesada manta de viaje y pasemos agradablemente media hora junto al fuego. A vuestros pies, señora Fielding. ¿Queréis que hagamos una partida de cientos? Estoy a vuestra disposición. ¡Dot, las cartas y la mesa, y también un vaso de cerveza, si no os la bebisteis toda, mujercita!

Su proposición se dirigía a la anciana, que la acogió con graciosa prontitud, de modo que inmediatamente empezó la partida. Al principio, el mandadero miraba a intervalos a su alrededor, sonriéndose, o llamaba a Dot de vez en cuando para que le examinase sus cartas por encima del hombro y le aconsejase sobre algún problema difícil. Pero como su adversaria era una jugadora rígida, una verdadera puritana en este punto, y estaba, además, sujeta a la flaqueza de ponerse más puntos de los que había ganado, forzó a John a ejercer una vigilancia tan constante, que no le bastaban sus cinco sentidos para atender a sus intereses. Las cartas absorbieron de tal modo su atención que no pensaba en otra cosa cuando una mano apoyada en su espalda le hizo recordar que en el mundo existía un tal Tackleton.

—Siento mucho tener que distraeros; pero escuchad dos palabras.

—Yo doy las cartas —respondió el mandadero—. Este es el momento crítico.

—Tenéis razón; el momento crítico —respondió Tackleton—. Venid.

Se reflejaba en su rostro pálido tal expresión, que hizo levantarse al otro inmediatamente, preguntándole con ansiedad de qué se trataba.

—¿Qué es ello? —preguntó el carrero con aire de asombro.

—¡Chist!, John Peerybingle —dijo Tackleton—. Yo lo siento mucho, créame. Me ha sobrecogido, pero lo sospeché desde el primer momento.

—¿Pero qué pasa? —volvió a preguntar John.

—¡Chist! Os lo enseñaré si venís conmigo.

John le siguió sin decir una palabra más. Atravesaron un patio a la luz de las estrellas y por una puertecita posterior entraron en el despacho mismo de Tackleton, a través de cuyos cristales se divisaba el almacén, cerrado ya. No había luz alguna en el despacho; pero algunas lámparas a lo largo del estrecho almacén iluminaban la ventana.

—¡Un momento! —dijo Tackleton—. ¿Tendría usted valor para mirar por esta ventana?

—¿Por qué no? —respondió el mandadero.

—¡Sólo un momento! —insistió Tackleton—. Nada de violencias, que de nada servirían. Además sería peligroso. Sois un hombre muy fuerte y podríais cometer un asesinato sin daros cuenta de ello.

Mirole el mandadero, y retrocedió un paso, cual si hubiese recibido un golpe. De un salto se plantó en la ventana, y vio...

¡Qué sombra sobre su hogar! ¡Adiós, grillo fiel! ¡Esposa pérfida! Sí que vio al anciano...

Vio al anciano, ¡pero qué digo!, no era el anciano; se había convertido en un hermoso joven, tieso como una I, y llevaba en la mano los falsos cabellos blancos que le habían dado entrada en el hogar de John.

Vio cómo le escuchaba Dot, al tiempo que él se inclinaba para murmurar en su oído. Y cómo se dejaba ceñir el talle por el brazo del galán, mientras caminaban dulcemente hacia la entrada de la galería. Los vio detenerse y volver ella la cabeza, mostrándole aquel rostro que tanto amaba. Y vio cómo ella clavaba en su frente la vileza con sus propias manos, y riendo su candidez.

De pronto cerró su mano con rabia, cual si

hubiera abatido a un león. Mas la abrió a poco, y la tendió ante los ojos de Tackleton —pues aún la adoraba—; y no bien se internaron en el despacho, se desplomó sobre el pupitre, débil ya como un niño.

Estaba ya embozado John hasta la nariz y atareado con el caballo y los paquetes, cuando Dot entró de nuevo en la habitación para partir.

—Vamos, John. Buenas noches, May. Adiós, Berta.

¿Cómo pudo besarlas, cómo pudo mostrarse feliz y contenta al partir? ¿Cómo pudo exhibir su rostro sin rubor alguno? Pues todo esto lo llevó a cabo con serenidad perfecta. Sí. Tackleton la observó atentamente.

Tilly hacía dormir al niño, y pasó cien veces delante de Tackleton repitiendo con su arrastrada voz:

—Y saber que las demás serían sus mujeres les despedazaba los corazones, y los padres las engañaban desde las cunas para destrozar sus corazones.

—Tilly, dadme el niño. Buenas noches, señor Tackleton. ¿Dónde está John?

—Quiere ir a pie, delante del caballo —dijo Tackleton—, ayudándola a subir al carruaje.

—¡John! ¡A pie y de noche!

La sombra embozada hizo una señal afirmativa; el pérfido extranjero y la niñera estaban sentados en el carruaje, y este se puso en movimiento. Boxer, que ignoraba completamente todo lo ocurrido, corrió delante del carruaje a galope; luego, deshaciendo lo andado, volvió atrás; después corrió a derecha y a izquierda trazando un círculo alrededor del carruaje, y ladrando más gozoso y triunfante que nunca.

Cuando Tackleton hubo salido para acompañar a la señora Fielding y a su hija hasta su casa, el pobre Caleb se sentó junto al fuego, al lado de su hija, con el corazón destrozado por la inquietud y los remordimientos, y murmurando constantemente:

—¡La he engañado desde la cuna para destrozar su corazón!

Los juguetes puestos en movimiento para entretener al niño se habían parado hacía tiempo. En medio del silencio, a la luz incierta de la habitación, las muñecas, con su calma imperturbable, los caballitos, tan agitados poco antes, con los ojos fijos y las ventanas de la nariz abiertas; los ancianos, ante la puerta de sus casas, medio replegados sobre sí mismos, inclinados profundamente sobre sus rodillas desfallecidas; los cascanueces de mueca estrambótica y hasta los animales que se dirigían al arca de pareja en pareja, como los alumnos de un pensionado que van de paseo, tenían todos el aspecto de mágica inmovilidad al ver un doble milagro: John cabizbajo y Tackleton amado.

Tercer grito

I

Daban las diez en el reloj holandés situado en el rincón de la cocina cuando el mandadero se sentó junto al fuego, tan turbado, tan abatido por el pesar, que el cuclillo debió quedar aterrorizado, porque después de apresurarse a dar los diez gritos melodiosos de la hora, se hundió inmediatamente en el palacio morisco, cerrando con estrépito la puertecilla detrás de sí como si no tuviese valor suficiente para resistir por más tiempo tan desusado espectáculo.

El mismo segadorcito, aunque se hubiese armado con la hoz más cortante del mundo entero, no hubiera podido tajar tan cruelmente como Dot el corazón del mandadero.

Porque era el suyo un corazón tan lleno de amor a Dot, unido tan estrechamente, tan sólidamente al de Dot por los dulces y poderosos lazos del recuerdo, tejido precioso, cuyas cualidades tan innumerables como fascinadoras trabajan asiduamente para hacerlo más estrecho aún; un corazón en que Dot se había encajado, por decirlo así, tan suave y profundamente; un corazón tan sencillo y tan sincero, tan firme en su

Verdad, tan recio para el bien, tan tolerante para el mal..., que al principio no pudo albergar cólera alguna ni pensamientos de venganza, y no halló en sí mismo más sitio que el destinado a guardar la imagen rota de su ídolo.

Pero poco a poco, insensiblemente, a medida que el mandadero permanecía por más tiempo absorbido por sus reflexiones ante el hogar, ya helado y sombrío, surgieron en su espíritu pensamientos más fieros que el viento furioso que se levanta en la obscuridad de la noche.

Allí estaba el viajero bajo su techo estrujado. Tres escalones, y ya estaba a la puerta de su dormitorio. Un golpe y caería por tierra. «Podríais cometer un asesinato sin daros cuenta de ello», le había dicho Tackleton. Mas, ¿por qué asesinato, dando al villano tiempo de aprestarse a luchar mano a mano? Al fin, era este el más joven.

Era este un pensamiento extemporáneo, importuno, para la negrura de su estado moral. Un anhelo rabioso que le indujera a la venganza habría de transformar la alegre mansión en un lugar maldito, al que los caminantes temerían acercarse al pasar de noche, y en el que verían los timoratos, en las noches sin luna, una lucha de sombras y oirían ruidos espantosos durante la tempestad.

El extranjero tenía la ventaja de la juventud. ¡Sí, sí!, era algún enamorado que encontró antes que John el camino de un corazón que él no había conmovido jamás; algún enamorado favorecido por ella, en quien habría pensado y soñado, por quien ella habría suspirado, mientras que él la creía dichosa en su compañía... ¡Cómo se entristecía sólo al imaginarlo!

Dot había subido al piso superior para meter en la cama al chiquitín. Mientras John se abandonaba a sus tristes reflexiones, solo, junto al fuego, Dot se puso a su lado sin que él lo notara —porque las congojas que sufría con incesante tortura le habían hecho perder hasta la percepción de los sentidos— y colocó el taburete a sus pies. John no se fijó en ella hasta que sintió la mano de Dot sobre la suya y vio que su mujer le miraba fijamente.

¿Con extrañeza? No. Es lo que le sorprendió al principio; y en tan alto grado, que tuvo que volver a mirarla para asegurarse de su naturalidad. No con extrañeza, sino con una mirada curiosa y escrutadora, pero no asombrada; una mirada inquieta, seria, seguida de una sonrisa extraña, salvaje, espantosa, como si le adivinara todos sus pensamientos, y nada más; sólo haré constar que cruzó las manos sobre la frente, dejándose caer los cabellos.

Aun cuando John hubiese podido disponer

en aquel instante de la omnipotencia de Dios, no había que temer que hiciese caer sobre la cabeza de Dot el peso de una pluma. Tan misericordioso era, que le pesaba muchísimo verla tan agobiada en el taburete en que tantas veces la había contemplado alegre e inocente con amor y orgullo; y cuando Dot se levantó y se alejó de él sollozando, se sintió más calmado al ver su lugar vacío junto al suyo. La presencia de Dot, en aquel momento, era para él la pena más amarga a que pudiese obligársele, porque le recordaba el abismo de desolación en que acababa de caer y de qué modo acaba de romperse el lazo supremo que le unía a la vida.

Cuanto más meditaba sobre este punto, más persuadido estaba de que hubiera preferido verla herida ante sus propios ojos por muerte prematura con el chiquitín en brazos, y más redoblaba su violencia la ira contra su enemigo. Miró a su alrededor buscando un arma. Un fusil estaba suspendido en la pared.

John lo descolgó y dio un paso o dos hacia la puerta de la habitación del pérfido extranjero. Sabía que el fusil estaba cargado; una idea vaga de que tenía el derecho de matar a aquel hombre como a una fiera, dominó su espíritu y le invadió por completo como un lúgubre demonio, desterrando toda idea de clemencia y de perdón.

No, no es esto lo que quería decir. Aquella

idea no desterró de su corazón toda idea de clemencia y de perdón, sino que las transformó con arte infernal, convirtiéndolas en aguijones que le estimulaban más aún, cambiando el agua en sangre, el amor en odio, la dulzura en ciega ferocidad. La imagen de su mujer desolada, humillada, pero recurriendo todavía a su ternura y a su piedad con poder irresistible no salía de su espíritu; pero la misma contemplación de esta imagen le empujaba hacia la puerta, elevaba el arma a la altura de su hombro, adaptaba y aseguraba su dedo en el gatillo, gritándole:

—¡Mátale!¡Mátale, mientras duerme!

Pero súbitamente el fuego que hasta entonces había dormido en silencio, iluminó la chimenea con un brillante chorro de luz, y el grillo del hogar reanudó su crrri..., crrri..., crrri...

Ningún sonido, ninguna voz humana, ni siquiera la de Dot, hubieran conmovido y calmado al pobre John tan eficazmente. Las palabras llenas de franqueza con que Dot le había hablado de su amor hacia el favorito del hogar resonaban aún vibrantes en su oído; le parecía verla; su tono, de suave franqueza, agitado por el ligero temblor; su dulce voz —¡qué voz!, o por mejor decir, ¡qué música domestica tan a propósito para seducir a un hombre honrado junto al fuego!— todo acudía a reanimar sus buenos pensamientos, a envalentonarlos, a devolverles el calor

137

y la vida.

Retrocedió ante la puerta, como un sonámbulo despertado en medio de un sueño terrible; dejó el fusil a un lado y cubriéndose el rostro con las manos, volvió a sentarse junto al fuego y halló algún consuelo en las lágrimas.

El grillo del hogar avanzó por la habitación y llegó a colocarse delante de él en forma de hada.

—Le quiero —dijo la voz de hada repitiendo las palabras que John recordaba tan fielmente—; le quiero por los buenos pensamientos que su música inocente hizo nacer en mí cada vez que le escuché.

—¡Son sus mismas palabras! —exclamó el mandadero.

—¡Me habéis hecho feliz en esta casa, y amo al grillo por la dicha que me ha proporcionado!

—Sí, ha sido muy dichosa en esta casa, bien lo sabe Dios —añadió el mandadero—. Ella es la que colmó de felicidad esta casa, siempre... hasta hoy.

—¡Tan graciosa, de tan buen humor, tan ocupada en las tareas domésticas, tan alegre, tan lista, de corazón tan amable!

—Si no lo hubiera comprendido así, ¿la habría amado acaso como la amaba?

—Decid «como la amo» —repuso la voz.

—Como la amaba —repitió el mandadero; pero su acento no era ya tan firme; su lengua insegura resistía a su voluntad, y quería hablar a su modo, en su nombre y aun en nombre de él.

La aparición, con apostura solemne, levantó la mano y dijo:

—¡Por tu hogar!

—¡El hogar se ha entristecido para siempre!

—¡El hogar que con tanta frecuencia ha... bendecido e iluminado —dijo el grillo—; el hogar que, sin ella, no hubiera sido más que una mezcla de piedras y ladrillos con barrotes de hierro mohoso; pero que, gracias a ella, se ha convertido en tu altar domestico; el altar sobre el cual has sacrificado cada noche alguna mala pasión, algún egoísmo, algún cuidado, para depositar en él la ofrenda de un espíritu tranquilo, de una naturaleza confiada, de un corazón generoso, de suerte que el humo, al elevarse sobre su pobre chimenea, ha subido al cielo con suave perfume, con el del incienso quemado ante las más ricas urnas en los magníficos templos de todo el orbe! Por tu hogar, por su apacible santuario, rodeado de cuantas dulces influencias te recuerda, óyela, óyeme, porque aquí todo te habla el lenguaje de tu hogar y de tu hogar y tu familia.

¿Y creéis que este lenguaje habla en favor de ella? —preguntó John.

—¡Sí; todo lo que diga el lenguaje de tu hogar, debe ser en favor de ella —respondió el grillo—, porque este lenguaje no miente jamás!

II

Y mientras el mandadero, apoyando la cabeza en sus manos, continuaba soñando, la imagen de Dot, que estaba presente, permanecía a su lado, sugiriéndole sus pensamientos por efecto de su poder sobrenatural, y colocándoselos ante los ojos como en un espejo o en un cuadro.

La imagen presente no estaba sola. De la piedra del hogar, de la chimenea, del reloj, de la pipa, del puchero y de la cuna; del pavimento, de las paredes, del techo y de la escalera; del coche, que descansaba fuera de la estancia; del aparador, que estaba dentro de ella; de todos los utensilios del hogar, de cada rincón, de cada objeto familiar a Dot, que llevase consigo un recuerdo de ella para el desgraciado John, surgían huestes de hadas, no para quedar inmóviles a su lado, como hiciera antes el grillo, sino para correr y agitarse en toda dirección, para rendir toda clase de honores a la imagen, para agarrar el vestido de John y mostrarle la figura de Dot; para agruparse alrededor de ella, abrazarla amorosamente y arrojar flores a su paso; para ensayar con sus manecitas la coronación de su linda cabeza, para demostrarla que la amaban tiernamente y que no podía existir ni una sola criatura fea, mala y acusadora que pudiese jactarse de conocerla bien... Sólo ellas, sólo sus compañeras fantásticas y fieles, podían comprender toda su valía.

Los pensamientos de John se fijaban constantemente en la imagen que permanecía allí.

Sentada ante el fuego, cosía, cantando en voz baja. ¿Viose mujercita tan juguetona, activa y paciente como Dot? Los rostros de las hadas volviéronse hacia él unánimemente, y concentrando una mirada dirigida a Dot, parecían decirle, orgullosas de su ídolo: «¿Esta es la mujer ligera que has acusado?».

A lo lejos se oían algunos sones de instrumentos musicales, voces ruidosas y risas ensordecedoras. Un ejército de muchachos y muchachas, sedientos de diversión, penetró precipitadamente en la casa; entre las muchachas estaba May Fielding con otras veinte casi tan hermosas como ella. Dot era la más hermosa y parecía la más joven. Invitáronla a tomar parte en la fiesta; se trataba de organizar un baile. Si alguna vez han existido piececitos aptos para la danza, lo han sido los de Dot. Pero Dot se echó a reír, inclinó la cabeza y les mostró la comida en el fuego, y la mesa ya aderezada, con aire de satisfacción, con muy poca envidia del placer ajeno, actitud que la hacía aún más encantadora. Despidió alegremente, saludándolos con la cabecita, a sus bailarines pretendientes uno tras otro, a medida que iban saliendo, con cómica indiferencia. Después de tal escena, sus galanes, desengañados, debían arrojarse al agua impulsados por la desesperación; mas no era en ella defecto capital la indiferencia, porque en aquel instante compareció cierto mandadero y ella le hizo una acogida..., ¡una acogida admirable!

Las hadas volvieron el semblante hacia John y parecieron preguntarle: «¿Y esa es la mujer de que te quejas?».

Una sombra pasó por el espejo, o el cuadro, como os plazca. La gran sombra del extranjero, tal como apareció por primera vez bajo su techo, cubría toda la superficie del cuadro y borraba todos los demás objetos. Pero las ágiles hadas trabajaron como abejas diligentes para disiparla, y Dot reapareció hermosa y radiante.

Mecía al chiquitín, le cantaba dulcemente una canción, apoyando la cabeza en un hombro que formaba parte del hombre taciturno, junto al cual permanecía el grillo—hada.

La noche —hablo de la noche real, no de la que regulan los relojes de las hadas—, la noche seguía su curso; durante la fase descrita de los pensamientos del mandadero, la luna se dejó ver en el cielo, resplandeciente de claridad. Quizá una luz serena y tranquila se había levantado también en el espíritu de John, y este fenómeno le permitió reflexionar con más sangre fría sobre lo ocurrido.

Aunque la sombra del extranjero pasase a intervalos por el espejo, siempre precisa, grande y perfectamente definida, no parecía ya tan sombría como al principio. Cada vez que surgía, las hadas exhalaban un grito general de consternación y empleaban con inconcebible actividad sus bracitos y sus piececitos en la tarea prolija de borrarle. Luego, al encontrar detrás de ella la de Dot —y se la hacían contemplar al mandadero una vez más, hermosa y brillante—, le manifestaban su alegría del modo más comunicativo posible.

Nunca la mostraban de otro modo; siempre aparecía brillante y hermosa, porque las hadas pertenecen a la clase de genios domésticos que odian la mentira; de modo que Dot, en su concepto, no podía ser más que una criaturilla activa, radiante, encantadora, el rayo de Sol de la casa del mandadero.

Las hadas redoblaron su ardor al mostrarla con el chiquitín conversando en medio de un grupo de prudentes matronas, dándose también aires de matrona prudente, y apoyándose con aspecto reposado, grave y digno de una anciana, en el brazo de su marido, procurando —¡ella, una mujer en flor, apenas abierta!— convencerle de que había abjurado las vanidades del mundo en general y de que pertenecía a la categoría de personas maduras, para las cuales no existen más que los deberes de la maternidad; y no obstante, en aquel mismo instante, las hadas la mostraban aún, riéndose de la torpeza del mandadero, levantándole el cuello de la camisa para darle aspecto de dandy, y arrastrándole alegremente con su faz risueña alrededor de la habitación para enseñarle a bailar.

Las hadas se volvían más que nunca hacia él, y le miraban con ojazos desmesuradamente abiertos al mostrársela junto a la cieguecita, porque aunque Dot llevase siempre consigo su animación y su natural alegría, las desbordaba principalmente en casa de Caleb Plummer. El amor que le profesaba la cieguecita; su confianza absoluta en ella; su reconocimiento y la delicadeza con que Dot sabía rechazar el reconocimiento de Berta; sus ardides diplomáticos encaminados a aprovechar todos los momentos de su visita, realizando a cada instante algo útil en aquella casa, procurándose en realidad muchas fatigas con el pretexto de tomarse un día de descanso; su previsión generosa en lo que concierne a las golosinas de la fiesta, el pastel y las botellas de cerveza; su cara radiante al llegar a la puerta y despedirse, y aquella maravillosa convicción que dominaba toda su persona desde la extremidad de los pies hasta la punta de la cabeza y que le hacía comprender la importancia de su papel en la fiesta que había fundado, y reconocer que en ella se hacía necesaria, indispensable; todos eran motivos que excitaban la alegría de las hadas y redoblaban el amor que sentían por ella. De modo, que volvieron a contemplar al mandadero, llamándole todas a la vez, como si le dijeran, mientras algunas se escondían en los pliegues del traje de Dot para acariciarla más de cerca:

—¿Esta es la mujer que has acusado?

Más de una, de dos, de tres veces durante el curso de los sueños de aquella larga noche, le mostraron la figura de Dot sentada en su lugar favorito, con la cabeza inclinada hacia adelante, las manos cruzadas sobre la frente, los cabellos en libertad, como John la había contemplado por última vez. Y al verla de aquel modo, no se volvían más hacia él, no le miraban más, sino que, por el contrario, se estrechaban alrededor de ella, la consolaban, la abrazaban, dándole mil pruebas de simpatía y de ternura y olvidando completamente a su marido.

Así pasé la noche. La luna descendió hasta el horizonte, las estrellas palidecieron; las primeras claridades de la mañana atravesaron las tinieblas; se hizo sentir el fresco de la madrugada y se levantó el sol. John estaba sentado aún junto a la chimenea y se encontraba en la misma posición que había adoptado la noche anterior. Durante toda la noche el grillo había cantado en el hogar: crrri... crrri... crrri...; durante toda la noche John había oído su voz; durante toda la noche las hadas domesticas habían trabajado a su alrededor; durante toda la noche Dot había permanecido amable y sin tacha en el espejo de las hadas, exceptuando los momentos en que cierta sombra pasaba por él.

THE CRICKET ON THE HEARTH. A FAIRY TALE

LONDON:
Bradbury & Evans, 90, Fleet Street, & Whitefriars.
1846.

III

Cuando resplandeció el día por completo, John se levantó y se vistió. No podía entregarse a sus gozosas ocupaciones cotidianas; le faltaba valor en la ocasión presente, pero no importaba; tratándose del día fijado para la boda de Tackleton, había procurado hacerse reemplazar en sus tareas. Habíase propuesto, sin sospechar lo que iba a ocurrir, ir a la iglesia alegremente con Dot, pero no había que pensar más en ello. Aquel día celebrábase también el aniversario de su matrimonio. ¡Quién le hubiera dicho que tal año había de tener tan lastimoso fin!

El mandadero esperaba una visita de Tackleton a primera hora y no se engañó. Apenas empezó a pasearse de arriba abajo junto a la puerta, vio a lo lejos el cochecito del comerciante de juguetes. A medida que iba aproximándose, John pudo notar con más precisión que Tackleton estaba ya de veinticinco alfileres para la boda, y que había adornado la cabeza de su caballo con flores y cintas.

El caballo se parecía más a un novio que su mismo amo, cuyo ojo semicerrado ofrecía una expresión más desagradable que nunca. Pero el mandadero no reparó en tal cosa; otros pensamientos hurgábanle el cerebro.

149

—John Peerybingle —dijo Tackleton, como si se condoliera de John—; ¿cómo habéis pasado la noche?

—No muy buena, señor Tackleton —respondió el mandadero, sacudiendo la cabeza—; tenía el espíritu turbado. Pero todo ha concluido. ¿Podéis concederme algo así como un cuarto de hora de audiencia?

—He pasado por aquí expresamente para veros —respondió Tackleton, bajando del coche—. No os molestéis por el caballo. Se mantendrá tranquilo con las riendas sujetas en el poste; si queréis, dadle un puñado de heno.

El mandadero fue a buscar heno al establo y lo puso delante del caballo; luego los dos hombres entraron en la casa.

—¿Supongo que no os casaréis antes del mediodía? —dijo John.

—No —respondió Tackleton—. Ten- ¡Tengo tiempo de sobra, tengo tiempo de sobra!

En el mismo instante en que penetraron en la cocina, Tilly Slowboy llamaba a la puerta del extranjero, que sólo se hallaba separada por unos cuantos escalones. Uno de sus congestionados ojos —Tilly había llorado toda la noche porque su señora lloraba— permanecía aplicado al agujero de la cerradura; Tilly redoblaba sus golpes y parecía muy espantada.

—No puedo lograr que me oigan —dijo Tilly, mirando a su alrededor—. Supongo que no habrá partido para el otro mundo.

Formulando este deseo filantrópico, miss Slowboy dio nuevos puñetazos y puntapiés a la puerta, obtener resultado alguno.

—¿Queréis que vaya allí? —preguntó Tackleton—. Es curioso.

El mandadero, que había apartado la mirada de la puerta, le indicó con un gesto que podía ir allí, si gustaba.

Tackleton acudió, pues, en ayuda de Tilly; la emprendió también a puñetazos y a puntapiés con la puerta sin obtener la menor respuesta. Vínole la idea de coger la manecilla, y habiéndola vuelto sin trabajo, metió la cabeza en la estancia por la puerta entreabierta, entró y salió en seguida corriendo.

—John Peerybingle —le dijo al oído—, supongo que aquí no habrá ocurrido nada esta noche..., ninguna violencia.

El mandadero se volvió vivamente hacia él.

—¡Ha partido! —añadió Tackleton—, y la ventana está abierta. No veo rastro alguno... Bien se ve que la habitación está casi al mismo nivel del jardín..., pero he temido algo..., algún incidente, ¿eh?

Y cerró casi por completo su ojo expresivo, que se había detenido sobre John con persistencia singular, ocasionándole tanto en el semblante como en todo el cuerpo una violenta contorsión; hubiérase dicho que quería arrancarle la verdad.

—Tranquilizaos —dijo el mandadero—. Penetró ayer por la noche en esta habitación sin haber recibido de mi parte el menor mal ni la menor injuria, y nadie entró aquí después de él. Se ha marchado por su propio albedrío. Capaz sería de salir por esa puerta y mendigar el pan de casa en casa toda mi vida, con tal de deshacer el pasado y que ese hombre no hubiera venido. Pero vino y se marchó. Asunto concluido.

—¡Oh!... Perfectamente —repuso Tackleton—. Se ha marchado sin el menor tropiezo.

La observación no fue oída por el carretero, que se sentó en una silla y se cubrió la cara con la mano antes de proseguir.

—Anoche me mostrasteis a mi mujer, a mi adorada esposa, en secreto...

—Y bien enternecida —insinuó Tackleton.

—Encubriendo la superchería de ese hombre y ofreciéndole ocasiones de hablarla a solas. Cualquier otra cosa hubiera visto mejor que esa. Nadie más que vos quisiera que le hubiera hecho ver.

—Confieso que siempre he sospechado —dijo Tackleton—, y por eso he venido observando.

—Por lo mismo que usted me lo ha descubierto —prosiguió el carretero, sin hacerle caso—; y así como ha visto a mi esposa, a mi adorada esposa —y el tono de su voz se robustecía al decir esto, y su mano se cerraba con firmeza, como indicando un propósito formado—, en esa situación, es justo y razonable que veáis ahora por mis ojos para que leáis mis intenciones sobre este particular. Porque me he trazado una línea de conducta —añadió el mandadero, contemplándole atentamente—, y por nada del mundo me apartaré de ella.

Tackleton murmuró en términos generales algunas palabras de aprobación sobre la necesidad en que se hallaba John de ejecutar una venganza cualquiera; pero la actitud de su interlocutor le dominó. Por más sencilla y ruda que fuese, tenía cierta nobleza y una dignidad natural que sólo podían derivar de un fondo de honor y de generosidad bien arraigado en su alma.

—Soy un hombre sencillo y rudo —prosiguió John— y no tengo grandes méritos, ¡bien sé a qué atenerme sobre el particular! No soy ingenioso, como sabéis muy bien; no soy joven; amé a Dot porque la vi crecer desde su niñez en casa de su padre; porque conocía todo su valer; porque había llenado mi vida durante años enteros. Con muchos, muchísimos hombres, no podré compararme jamás; ¡pero nadie hubiera amado tanto a Dot como yo la amo!

Detúvose y golpeó suavemente el suelo con el pie durante algunos momentos antes de proseguir su peroración.

—He pensado frecuentemente que, aunque no formase con ella la pareja más proporcionada del mundo, llegaría a ser un buen marido y a apreciar quizá su valía mejor que cualquier otro; y por este motivo creí que nuestro matrimonio no sería disparatado por completo. Y nos casamos.

—¡Ah! —exclamó Tackleton moviendo la cabeza con ademán intencionado.

—Me había estudiado, la había puesto a prueba; sabía cuánto la amaba y cuán feliz sería —añadió el mandadero—. Pero no había reflexionado suficientemente, y hoy lo siento con toda el alma, sobre las consecuencias que resultarían con respecto a ella.

—A buen seguro —dijo Tackleton—. ¡El aturdimiento, la frivolidad, la ligereza! ¡No lo habéis reflexionado! ¡Habéis perdido de vista!... ¡Ah!

—Os agradecería que os abstuvieseis de toda interrupción —repuso John severamente—

hasta que me comprendieseis, y estáis lejos de entenderme. Ayer hubiera muerto de un puñetazo al hombre que se hubiese permitido lanzar una sola palabra contra ella; hoy le pisaría el rostro, aunque fuese mi hermano.

El comerciante de juguetes le contempló asombrado. John prosiguió con tono algo más suave:

—¿Había yo reflexionado alguna vez que a su edad la arrebataba, resplandeciente de alegría y de belleza, a sus jóvenes compañeras, a las variadas y brillantes escenas de las cuales era Dot el adorno principal, la más espléndida estrella del firmamento, para encerrarla para siempre en mi triste casa y encadenarla a mi enojosa compañía? ¿Había reflexionado cuán distante estaba de su vivacidad, y cuán penosa había de ser mi condición chabacana para un espíritu tan pronto como el suyo? ¿Había reflexionado que no representaba en mí título ni mérito alguno el amarla, que cuantos la conocían daban en concebir el mismo afecto? ¡Nunca, nunca! Me aproveché de su carácter juguetón confiado en el porvenir, y me casé con ella. No quisiera haberlo hecho jamás; ¡por ella, Dios mío, por ella, y no por mí!

El comerciante de juguetes le contempló sin guiñar el ojo, y aun su ojo semicerrado se abrió completamente por esta vez.

—¡Dios la bendiga —dijo John— por la generosa constancia con que ha procurado apartar de mí este doloroso descubrimiento! Y perdóneme el cielo si mi pesada inteligencia no comprendió más pronto lo que ocurría. ¡Pobre niña! ¡Pobre Dot! ¡Y no la he adivinado yo, que he visto sus ojos llenos de lágrimas cuando se hablaba de matrimonios semejantes al nuestro! ¡Pobre muchacha! ¡Haber podido esperar que me amaría, haber podido creer que me amaba realmente!

—Es lo que ha procurado fingir, y tan bien lo ha fingido, que, a decir verdad, esto ha sido lo primero que me hizo entrar en sospechas.

E hizo valer la superioridad de May Fielding, a quien a buen seguro no podía acusarse de fingirle amor.

—Lo intentaba —dijo el pobre John con emoción mayor de la que hasta entonces había demostrado—, y sólo ahora empiezo a comprender cuánto le habrá costado. ¡Cuán buena ha sido! ¡Cuánto hizo por mí! ¡Qué corazón tan valiente y enérgico el suyo! Prueba de ello es la felicidad que he alcanzado bajo este techo, y que será siempre mi consuelo cuando quede solo aquí.

—¿Solo? —preguntó Tackleton—. ¿Piensas darte por enterado acaso?

—Tengo la intención —respondió el mandadero— de darle la mayor muestra posible de ternura y de ofrecerle la reparación más completa que he llegado a imaginar. Puedo librarla de un diario sufrimiento; del que resulta de un matrimonio desigual, y de los esfuerzos que ella hace para ocultarme su pena. Dot tendrá toda la libertad que yo pueda darle.

—¡Ofrecerle una reparación! ¡A ella! —exclamó Tackleton llevándose las manos a las orejas y poniéndolas gachas—. ¿Estaré equivocado? ¿Lo habré oído mal?

John cogió por el cuello al comerciante de juguetes y le sacudió como si fuese una caña.

—Oídme —dijo— y procurad comprenderme bien. Oídme. ¿Acaso no hablo con claridad?

—Con gran claridad —respondió Tackleton.

—¿Como hombre resuelto?

—A buen seguro, como hombre muy resuelto.

—Toda la noche pasada, toda la noche estuve sentado ante este hogar —exclamó el mandadero—, en el sitio en que frecuentemente podía contemplarla a mi lado, mientras ella me miraba con su lindo semblante. Pasé revista a su vida entera, día por día; he visto de nuevo su querida imagen presentándose ante mis ojos en todas las situaciones de su vida. Juro que es inocente, si es que hay alguien capaz de juzgar sobre inocencias y culpas.

¡Noble grillo! ¡Leales hadas domesticas!

—Ya estoy libre de cólera y desconfianza —prosiguió el carretero— y sólo me queda el dolor. En un instante malhadado volvió algún antiguo adorador, más en armonía que yo con los gustos y la edad de ella; un amante desdeñado tal vez por mí y a pesar de ella. En un instante desventurado, sorprendida y sin tiempo para decidir, se hizo cómplice de la traición, encubriéndola. Anoche le vio, en aquella ocasión en que los observamos. Mal hecho. Pero si hay verdad en la tierra, de nada más puede acusársela.

—Si opináis así... —empezó a balbucear Tackleton.

—Que parta, pues —prosiguió el mandadero—. Que parta con mi bendición por todas las horas de felicidad que me ha proporcionado, y mi perdón por las congojas de que ha sido para mí la causa. Que parta con la paz del corazón que le deseo. No me odiará jamás; por el contrario, aprenderá a amarme mejor, cuando no la arrastre a remolque de mi destino. Entonces llevará más ligeramente la cadena a que la até tan desgraciadamente para ella. Hoy hará un año que la arrebaté a su hogar, sin preocuparme de si sería o no feliz. Hoy volverá a él y no la importunaré más. Su padre y su madre llegarán en seguida; habíamos formado cierto plan para celebrar juntos este día; sus padres se la llevarán a su casa. Puedo confiar en ella, allí y en todas partes. Me deja después de haber vivido pura, y así vivirá siempre. Si me muriese —puedo morir quizá mientras ella sea joven; en pocas horas conozco que he perdido mis fuerzas—, Dot comprenderá que me he acordado de ella y que la he amado hasta el último día. He aquí la conclusión de lo que me hicisteis ver. Ahora todo ha terminado.

IV

—No, John, no ha concluido todo. No digáis aún que todo ha concluido. No lo digáis aún. He oído vuestras nobles palabras, y no quiero marcharme sin deciros que me han llenado de hondo reconocimiento. No digáis que todo ha concluido antes que el reloj haya sonado otra vez.

Dot, que entró poco después de Tackleton, había permanecido en la habitación. Ni siquiera miraba a Tackleton; con los ojos fijos en su marido, se mantenía fuera de su alcance, dejando entre ella y él la mayor distancia posible; y aunque hablase con el entusiasmo más apasionado que pueda imaginarse, no se acercó a John ni siquiera en aquellos instantes de vivacidad. ¡Cuán diferente se mostró en este detalle de la Dot de antes!

—No hay reloj que pueda hacer sonar para mí por segunda vez las horas pasadas, desgraciadamente —replicó el mandadero con débil sonrisa—. Pero ya que lo queréis, sea así. Pronto sonará la hora; no tendremos que aguardar largo tiempo. De buen grado realizaría cosas más difíciles por complaceros.

—Muy bien —murmuró Tackleton—. Es

preciso que me marche, porque cuando la hora suene, debo estar en camino para la iglesia. Buenos días, John Peerybingle. Siento privarme de vuestra compañía. Tanto por dejaros como por las circunstancias.

—¿He hablado claramente? —preguntó John acompañándole hasta la puerta.

—¡Oh, muy claramente!

—¿Y os acordáis de lo que os he dicho?

—Sí, y si queréis que os lo exprese con claridad —dijo Tackleton, no sin haber tomado previamente la prudente precaución de empezar a subir al coche—, debo deciros que ha sido para mí tan inesperado el lance, que no es probable que lo olvide.

—Tanto mejor para los dos —repuso John—. Adiós. Buena suerte.

—Querría poder deciros lo mismo —dijo Tackleton—; pero ya no es factible, os doy por lo menos las gracias. Y dicho sea entre nosotros —creo que ya os lo he significado—, no creo pasarlo peor en mi matrimonio, aunque May no me haya hecho grandes demostraciones de cariño. Adiós. Cuidaos mucho.

John le siguió con la mirada hasta que la distancia le hizo aparecer lo suficientemente pequeño para quedar oculto entre las flores y las cintas de su caballo. Entonces, exhalando un profundo suspiro, fuese a vagar como alma en pena a la sombra de unos olmos vecinos con el propósito de no entrar en su casa hasta que diese la hora.

Su mujercita, que había quedado sola, sollozaba amargamente; pero se enjugaba los ojos con frecuencia y detenía el curso de sus lágrimas para decirse:

—¡Dios mío! ¡Qué bueno es!¡Qué excelente!

Y luego, una o dos veces se echó a reír con tanta cordialidad, con un aire de triunfo tan raro y de un modo tan incoherente —puesto que no cesaba de llorar al mismo tiempo—, que Tilly se espantó sobremanera.

—¡Oh por Dios, no hagáis tal cosa! —dijo—. ¡Podríais matar al niño, por Dios!

—¿Le traerás alguna vez a su padre, Tilly, cuando yo no pueda vivir aquí y me haya vuelto a mi casa? —le preguntó su señora enjugándose los ojos.

—¡Oh, por Dios! ¡No hagáis tal cosa! —exclamó Tilly desencajada y dando un aullido atroz, exactamente igual a los de Boxer—. ¡Por Dios, no hagáis tal cosa! ¡Por Dios!, ¿qué habrá hecho todo el mundo a todo el mundo para que todo el mundo sea tan desgraciado? ¡Uh, uh, uh, uh!...

La sensible Slowboy iba a lanzar un aullido tan terrible, a causa de los mismos esfuerzos que había hecho para ahogarlo, que el chiquitín se hubiera despertado infaliblemente, experimentando un terror enorme, seguido de lamentables consecuencias —de convulsiones probablemente—, si sus ojos no hubiesen hallado a Caleb Plummer, que entraba con su hija. Llevada por la aparición de la visita al sentimiento de la mutua conveniencia, quedó en silencio durante algunos minutos, abriendo la bocaza; luego corrió al galope hacia la cama en que dormía el chiquitín y se puso a bailar una danza de bruja o baile de San Vito, al mismo tiempo que hundía la cara y la cabeza en las sábanas, hallando gran consuelo sin duda en tan extraordinarios ejercicios.

—¡Cómo! —exclamó Berta—, ¿no habéis asistido a la boda?

—Le dije, señora, que no asistiríais a ella —dijo Caleb en voz baja—. Sabía a qué atenerme en cuanto a vos. Pero os aseguro, señora —dijo el hombrecito tomándole ambas manos con ternura—, que no doy importancia a nada de lo que dicen. No les creo. Nada puedo hacer; pero esta insignificancia de hombre, antes se dejaría hacer pedazos que tolerar una sola palabra contra usted.

Rodeó a Dot con sus brazos y la estrechó como una niña hubiera acariciado a una de sus muñecas.

—Berta no ha podido quedarse en casa esta mañana. Temía, estoy seguro de ello, el son de las campanas y no podía soportar la proximidad de la boda. De modo, que hemos salido temprano de casa y hemos venido inmediatamente.

—He reflexionado sobre cuanto hice —dijo después de un momento de silencio—. Me reproché, hasta el punto de no saber qué resolución tomar, toda la pena que le he causado, y he resuelto que más vale —si queréis quedaros conmigo por breves instantes, señora— enterarla de toda la verdad. ¿Queréis quedaros conmigo estos instantes? —le preguntó Caleb, temblando de pies a cabeza—. Ignoro el efecto que le voy a producir; ignoro lo que pensará de mí; ignoro si después de la revelación amará aún a su pobre padre. Pero es enteramente necesario para su bien que quede desengañada, y en cuanto a mí, sean cuales fueran las consecuencias, es justo que las sufra.

—María —dijo Berta—, ¿dónde está vuestra mano? ¡Ah! Aquí, aquí está. —La llevó a sus labios con una sonrisa, y pasándola luego bajo su brazo, continuó—: Les oí hablar anoche de cierta acusación contra ustedes. Eran injustos.

La esposa del carretero guardaba silencio. Caleb respondió por ella:

—¡Eran injustos! —dijo.

—¡Estaba segura! —exclamó con orgullo—. Ya se lo dije a ellos. Me negué a oír en absoluto. ¡Acusarla con justicia! —apretaba entre las suyas la mano aprisionada y juntaba su mejilla con la de Dot—. ¡No! No estoy tan ciega como para eso.

Y Caleb estaba a un lado de la cieguecita, mientras que Dot permanecía al otro con su mano cogida.

—Os conozco a todos mejor de lo que os figuráis. Pero a nadie mejor que a ella. Ni a vos, padre mío. Nada percibo a mi alrededor con tanta realidad, con tanta verdad como a ella. ¡Si en este instante recobrara la vista, sin que se me dijera una sola palabra, la reconocería entre una multitud! ¡Hermana mía!

—Berta, hija mía —dijo Caleb—, necesito decirte algo que me pesa sobre la conciencia, ahora que estamos solos los tres. Debo hacerte una confesión. ¡Encanto mío!

—¿Una confesión, padre mío?

—Me alejé de la verdad y me perdí —prosiguió Caleb con expresión desgarradora que le alteraba el semblante por completo—. Me alejé de la verdad por tu amor, y este amor me hizo cruel.

Berta volvió hacia él su rostro, en que se reflejaba profundo asombro, y repitió:

—¡Cruel!

—Se acusa con harta severidad, Berta —añadió Dot—, lo reconoceréis vos misma; vais a reconocerlo en seguida.

—¡Él! ¡Cruel para conmigo! —exclamó Berta con incrédula sonrisa.

—Sin querer, hija mía —dijo Caleb—. Pero lo he sido, aunque hasta ayer no lo notara. Hija mía, óyeme y perdóname. El mundo en que vives no existe tal como te lo he representado. Los ojos de que te fiaste han mentido.

Berta volvió de nuevo hacia él su semblante, que mostraba creciente sorpresa, pero retrocedió y se estrechó contra su amiga.

—El camino de la vida te hubiera sido rudo, hija de mi corazón —continuó Caleb—, y he querido endulzártelo. He alterado los objetos, desnaturalizado el carácter de las personas, inventado muchas cosas que no existieron jamás, para hacerte más dichosa. He guardado secreto con respecto a ti, te he rodeado de ilusiones, ¡perdóneme Dios!, y te he colocado en medio de una existencia llena de ensueños.

—¡Pero las personas vivientes no son ensueños! —exclamó Berta precipitadamente, palideciendo y alejándose más aún de su padre—. ¡No podíais variarlas!

—Así lo hice, no obstante, Berta —confesó Caleb—. Una persona que conoces tiempo ha..., mi paloma...

—¡Oh, padre mío! —respondió Berta con acento de amarga reprensión—; ¿por qué decís que la conozco? ¿Acaso conozco algo? ¡Si no soy más que una miserable ciega sin guía!

Dominada por su desdicha, extendió las manos como si buscase su camino a tientas, y luego las condujo hacia su rostro con un gesto de tristeza y sombría desesperación.

—El que hoy se casa —prosiguió Caleb— es egoísta, avaro, déspota, un amo cruel para ti y para mí, hija mía, hace muchos años; repugnante en la faz como en el corazón, siempre frío, siempre duro; distinto por completo del retrato que te tracé, Berta mía, ¡distinto por completo!

—¡Oh! —exclamó la cieguecita, visible víctima de una tortura que estaba muy por encima de sus fuerzas—; ¿por qué habéis obrado así? ¿Por qué llenasteis siempre mi corazón hasta el borde para venir luego a arrancarme, como la muerte, los ídolos de mi amor? ¡Cuán ciega soy, Dios mío! ¡Cuán sola y desamparada estoy!

Su padre, desconsolado, bajó la cabeza sin responder más que con su aflicción y su remordimiento.

Berta se entregaba hacía un momento apenas a sus violentos transportes de pesar, cuando el grillo del hogar, que sólo ella pudo oír, empezó su crrri... crrri... crrri, no con alegría por esta vez, sino con acento débil, melancólico, tan triste y tan lúgubre, que Berta se echó a llorar; y cuando la imagen que había permanecido toda la noche al lado de John compareció detrás de ella, mostrándole a su padre con el dedo, Berta derramó lágrimas a torrentes.

En seguida oyó más claramente el canto del grillo, y aunque sus ojos no pudieron ver la imagen misteriosa, su alma la sintió revolotear alrededor de su padre.

—Dot —preguntó la cieguecita—, decidme lo que es mi casa en realidad.

—Es una pobre habitación, Berta, muy pobre y muy desnuda. Difícilmente podrá abrigaros el invierno próximo del viento y la lluvia. Está tan mal protegida contra el mal tiempo, Berta —siguió diciendo Dot en voz baja, pero clara—, como vuestro padre con su sobretodo de tela de saco.

La cieguecita, muy agitada, se levantó, y condujo a un lado a la mujer del mandadero.

—Los presentes de que tanto me cuidaba —dijo temblando—, los presentes que satisfacían mis menores deseos y recibía yo con tanta gratitud, ¿de dónde procedían? ¿Erais vos la que me los enviaba?

—No.

—¿Quién era?

Dot comprendió que Berta lo adivinaba y guardó silencio. La crieguecita se cubrió de nuevo el semblante con las manos, pero esta vez de un modo muy distinto.

—¡Un instante, Dot! ¡Un solo instante! Acercaos un poco. Hablad más bajo. Sois sincera, lo sé. ¿No me engañaréis?

—No, Berta; os lo prometo.

—Estoy segura de que no lo haréis. Harto os apiadáis de mí para engañarme. Dot, mirad el lugar en que estábamos un momento ha, en donde mi padre..., mi padre, tan amante y compasivo, está..., y decidme lo que veis.

—Veo —respondió Dot, que la comprendía perfectamente— un viejo sentado en una silla dejándose caer sobre el respaldo, con la cara apoyada en la mano como si necesitase el consuelo de su hija.

—Sí, sí, su hija le consolará. Continuad.

—Es un viejo gastado por el trabajo y los pesares; un hombre flaco, abatido, pensativo, cuyos cabellos blanquean. Le veo en este instante desesperado, inclinado profundamente, ahogado por el peso de sus penas. Pero, Berta, no temáis; otras veces le he visto luchando con valor y constancia por un fin noble y sagrado. Por ello rindo homenaje a su cabeza gris y la bendigo.

La cieguecita la dejó bruscamente, y arrodillándose ante su padre, tomó su cabeza blanca y la estrechó contra su pecho.

—¡Ya me ha vuelto la vista! ¡Ya tengo vista! —gritó—. He estado ciega, pero ya se han abierto mis ojos a la luz. Hasta ahora no la he conocido. ¡Pensar que podía haber muerto sin haber visto bien al padre que tanto me amaba!

Caleb no hallaba palabras bastantes para expresar su emoción.

—No hay en el mundo una cabeza hermosa y noble —exclamó la cieguecita permaneciendo en la misma actitud— que yo pudiese amar tan tiernamente, querer con afecto tan generoso como esta; cuanto más blanca y triste sea, más la querré. Que no me digan más que soy ciega. ¡No habrá una arruga en este semblante, ni un cabello en esta cabeza que en el porvenir sea olvidado en los ruegos y en las acciones de gracias que dirija al cielo!

Caleb quiso balbucear:

—¡Berta mía!

—Y en mi ceguera le creía —murmuró la joven, mezclando con sus caricias lágrimas de verdadera ternura—, ¡le creí tan distinto! ¡Tenerle junto a mí día tras día, siempre preocupado por mi causa, y no haber pensado nunca en ello!

—El hombre fuerte y coquetón de blusa azul ha desaparecido —dijo el pobre Caleb.

—Nada se ha marchado —respondía Berta—, queridísimo padre. Todo permanece con vos. El padre a quien tanto amaba, el padre a quien nunca he amado ni conocido bastante, y el bienhechor que empecé a reverenciar y amar porque manifestaba tan tierna simpatía por mí: ¡El alma de cuanto me fue más caro permanece aquí, aquí, con el rostro marchito y la cabeza blanca! Y ya se acabó mi ceguera, padre.

V

Toda la atención de Dot, durante este discurso, se había concentrado en el padre y la hija; pero al dirigir la mirada al segadorcito que permanecía en la pradera morisca, vio que iba a dar la hora dentro de algunos minutos y cayó inmediatamente en un estado pronunciadísimo de agitación nerviosa.

—Padre mío —dijo Berta, vacilando—; María...

—Sí, hija mía —respondió Caleb—; aquí está.

—No habrá variado. ¿No me habéis dicho nada de ella que no sea cierto, verdad?

—Temo que lo hubiera hecho, hija mía —respondió Caleb—, si hubiese podido figurármela mejor de lo que realmente es. Pero, por poco que la hubiese cambiado, la hubiera hecho disfavor. No era posible mejorarla.

Aunque la cieguecita preguntase a su padre por Dot con la mayor confianza, era delicioso ver la alegría y el orgullo que manifestó al oír la respuesta de Caleb y las nuevas caricias que prodigó a Dot.

—No obstante, amiga mía —insinuó esta—, pueden ocurrir más variaciones de las que os imagináis. Variaciones para mayor bien de todos; variaciones que causarán gran alegría a algunos de nosotros. Si alguna variación debe conmoveros, ha de ser la que ocurrirá; y es necesario que no os dejéis arrastrar por una emoción demasiado viva. ¿No es un rumor de ruedas lo que se oye en el camino? Vos, que tenéis tanta delicadeza de oído, Berta, decidme și son ruedas.

—Sí, y avanzan con gran rapidez.

—Bien..., bien..., bien sé que tenéis gran finura de oído —dijo Dot con la mano sobre el corazón y hablando evidentemente tan aprisa como podía para disimular mejor sus latidos—, y lo sé porque lo he notado con frecuencia, sobre todo ayer por la noche, al veros reconocer con tanta prontitud aquel paso extraño, aunque no sepa por qué dijisteis, y me acuerdo bien de ello: «¿De quién es este paso?» y por qué lo notasteis con más atención que otro paso cualquiera. Sí; como os decía ahora mismo, ocurren grandes variaciones en el mundo, grandes variaciones, y lo mejor que podemos hacer es disponernos a no asombrarnos de nada.

Caleb se preguntaba qué querría decir Dot, al notar que se dirigía tanto a él como a su hija. Viola con extrañeza tan turbada, tan agitada, que apenas podía respirar y le era preciso apoyarse en una silla para no caer.

—Son ruedas —exclamó jadeante—; son ruedas y se acercan. Están próximas; más próximas ya. Dentro de un instante habrán llegado aquí. ¿Oís cómo se detienen a la puerta del jardín? ¿Y este paso que se acerca a la puerta de entrada? El mismo paso de ayer, Berta, ¿no es verdad?... Y ahora...

Dot lanzó un grito de alegría, uno de esos gritos que ningún obstáculo puede detener, y, dirigiéndose hacia Caleb, le puso la mano ante los ojos en el mismo momento en que un joven entraba precipitadamente en la habitación, y arrojando el sombrero al aire, se acercaba al grupo.

—¿Ha terminado? —preguntó Dot.

—Sí.

—¿Felizmente?

—Sí.

—¿Os acordáis de esta voz, Caleb? ¿Habéis oído alguna vez una voz semejante a esta?

—¡Si mi hijo, que marchó a las Américas del oro, viviese aún! —dijo Caleb, temblando.

—¡Vive! —exclamó Dot, apartando sus manos de los ojos de Caleb y palmoteando — ¡Miradle! ¡Vedle en vuestra presencia, fuerte y sano! ¡Es vuestro querido hijo! ¡Vuestro querido hermano, Berta, que vive y os ama!

¡Ensalcemos a la criaturilla por sus transportes de júbilo, por sus lágrimas y por sus risas, mientras el padre y los dos hijos se abrazan apasionadamente! ¡Ensalcemos la efusión con que marchó al encuentro del atezado marinero, de hirsuta y negra cabellera, y la santa confianza con que, lejos de apartar sus rojos labios, permitiole besarlos libremente y estrecharla contra su corazón. ¡Pero ensalcemos también el cuclillo — ¿y por qué no?— por haberse precipitado fuera de la trampa del palacio morisco y por haber saludado dos veces a la simpática reunión con su estribillo intermitente, como si también él estuviese borracho de alegría!

El mandadero, que entró entonces, retrocedió un poco; no esperaba por cierto hallar tan buena compañía.

—Mirad, John —dijo Caleb fuera de sí—; miradle. ¡Es mi hijo que ha vuelto de las Américas! ¡Mi hijo, mi propio hijo! ¡El que equipasteis y embarcasteis vos mismo; aquel de quien fuisteis siempre tan buen amigo!

El mandadero se le acercó para tenderle la mano y se detuvo bruscamente al parecerle reconocer en él las facciones del sordo que había traído en el coche.

—¡Eduardo! —exclamó—. ¿Erais vos?

—¡Contádselo todo ahora —dijo Dot—, y no me compadezcáis, porque estoy resuelta a no ser indulgente conmigo misma!

—Soy el anciano del coche —dijo Eduardo.

—¿Y cómo habéis tenido el valor necesario para entrar clandestinamente y gracias a un disfraz en casa de vuestro antiguo amigo? —repuso el mandadero—. Había hallado en vos, en otro tiempo, un muchacho leal... —¿cuántos años pasaron, Caleb, desde que creímos haber oído decir que había muerto y juzgamos tener la prueba de su defunción?—, un muchacho leal, que nunca hubiera obrado así.

—También yo conocí en otro tiempo a un amigo generoso, que fue para mí un padre más que un amigo —dijo Eduardo— y que nunca hubiera querido juzgar a un hombre, sobre todo a mí, sin oírle antes. Este hombre erais vos. Espero que me escucharéis ahora.

El mandadero, dirigiendo una mirada llena de turbación a Dot, que se mantenía alejada de él, respondió:

—Sea. Nada más justo; os escucho.

—Es preciso que sepáis que cuando partí de Inglaterra, muy joven aún —dijo Eduardo—, estaba enamorado y mi amor era correspondido. Se trataba de una jovencita muy niña aún, que quizá —es lo que me objetaréis— no conocía su propio corazón. Pero yo conocía al mío, y sentía vivísima pasión por ella.

—¡Vos! —exclamó John—. ¡Vos!

—Sí —respondió su interlocutor—; y ella me correspondía. Siempre lo he creído así, y ahora estoy seguro de ello.

—¡Cielo santo! —dijo el mandadero—. ¡Sólo esto faltaba!

—Permaneciéndole fiel —añadió Eduardo—, y volviendo a Inglaterra lleno de esperanzas, después de gran número de peligros y sufrimientos para realizar cuanto estaba de mi parte con relación a nuestro compromiso, supe, a veinte millas de aquí, que mi amada había sido perjura, que me había olvidado y que se entregaba a otro, a un hombre más rico que yo. No intenté dirigirle reprimenda alguna; sólo deseé verla y convencerme por mis propios ojos de la verdad de la acusación. Confiaba en que podían haberla obligado a tomar esta resolución a pesar de sus ruegos y sus recuerdos. Será un consuelo muy ligero —pensé—, pero al menos me consolaría un poco. Por esto vine. A fin de conocer la verdadera verdad, de observar libremente por mí mismo, de juzgar sin obstáculo alguno por parte suya y sin usar mi influencia personal sobre ella —suponiendo que la tuviese— me disfracé..., ya sabéis cómo, y me detuve en el camino..., ya sabéis dónde. Vos no sospechasteis de mí, ni... ella tampoco —señalando a Dot—; hasta que allí, junto al hogar, le dije una cosa al oído, y a poco me descubre.

—Pero cuando tu mujercita supo que Eduardo vivía y que estaba de regreso —añadió Dot, dirigiéndose a John, con la voz interrumpida por los sollozos, hablando por su propia cuenta como había ansiado hacerlo durante toda la narración del marinero—, y cuando hubo conocido su proyecto, le recomendó expresamente que mantuviese el secreto, porque su viejo amigo John Peerybingle era demasiado francote y demasiado torpe para ocultar el más mínimo detalle; sí, torpe, torpísimo para todo, incapaz de ayudarle en su proyecto, y cuando ella, es decir, yo misma, John, se lo hube contado todo, explicándole que su amada le creía muerto, que al fin se había dejado inclinar por su madre a un matrimonio que la pobre anciana llamaba ventajoso, y cuando ella, es decir, yo misma, John, le hube dicho que no estaban casados aún, aunque muy próximos a serlo, y que si se realizaba este matrimonio no consistiría más que en un sacrificio, porque la futura no sentía amor alguno, como él se puso casi loco de alegría al oír esta noticia, entonces ella, es decir, yo misma aún, dije que intervendría como antes había hecho tantas veces, que sondearía el ánimo de su amada, y podría asegurarse de que no se engañaría en cuanto yo dijese. Y así es; ¡no se ha engañado, John! ¡Y se han reunido, John! ¡Y se han casado, John, hace una hora! ¡Y aquí está la recién casada! ¡Y Gruff y Tackleton en buen peligro queda de morir soltero! ¡Y soy una mujer enteramente feliz, May, y que Dios os bendiga!

Ya sabéis, y abramos un paréntesis, que Dot era seductora hasta lo irresistible; pero nunca estuvo tan irresistible como en los transportes de gozo a que se entregó en aquel instante. Nunca se vieron felicitaciones tan tiernas, tan deliciosas como las que se prodigaba a sí misma y a la recién casada.

En medio del tumulto de emociones que se levantaban en su pecho, el honrado mandadero experimentaba honda confusión. De pronto corrió hacia Dot; pero Dot extendió la mano para detenerle y retrocedió, conservando la misma distancia de antes.

—No, John, no; oídlo todo. No me améis, John, hasta que hayáis escuchado todo lo que tengo que deciros. Obré mal no confiándoos mi secreto y lo siento. No creí haber obrado tan mal hasta el instante en que vine a sentarme junto a vos en el taburete ayer por la noche; pero cuando pude leer en vuestro semblante que me habíais visto paseando con Eduardo por la galería y comprendí lo que habíais llegado a pensar, me hice cargo de lo atolondrada que estuve y la gravedad de mi error.

¡Pobre mujercita! ¡Cómo sollozaba aún! John quería estrecharla entre sus brazos; pero ella no lo permitió.

—¡No me améis aún, John! Cuando el próximo matrimonio me entristecía, era porque me acordaba de May y de Eduardo, que se habían amado tanto durante su juventud, y porque sabía que el corazón de May estaba a cien leguas de sentir amor por Tackleton. ¿Lo comprendéis ahora, verdad?

John iba a precipitarse hacia su mujer; pero Dot le detuvo aún.

—No; esperad un poco. Cuando bromeo, como lo suelo hacer algunas veces, John, llamándoos torpe, ganso y dándoos otros nombres semejantes, es por el mismo amor que os tengo, John, y no querría cambiaros en un átomo, aunque fuese para convertiros en el monarca más grande de la tierra.

—¡Bravo, bravísimo! —exclamó Caleb con desusado vigor—. Esta es mi opinión.

—Y cuando hablo de personas de mediana edad, de personas maduras, John, y cuando pretendo que los dos hacemos mala pareja, lo digo porque soy una criaturilla y por la misma razón que me hace jugar a damas; sólo en broma y para reír un poco, creedme.

Bien conocía Dot que John iba a aproximarse de nuevo y le detuvo por tercera vez; pero bien próxima estuvo a parar el golpe demasiado tarde.

—¡No, no me améis aún; dejadme un momento, John! Lo que deseo deciros sobre todo, lo he guardado para el fin. Querido, bueno, generoso John, cuando hablábamos cierto día del grillo del hogar, sentí mariposear junto a mis labios una confesión, que bien cerca estuvo de escaparse, y era que al principio no os había amado tan entera y tiernamente como os amo ahora; que cuando vine por primera vez a esta casa temí no llegar a amaros tanto como deseaba y como rogaba a Dios que me hiciese amaros; ¡era tan jovencita, John! Pero, John, cada día, cada hora os he amado con más entusiasmo. Y si hubiera podido amaros más de lo que os amo, las nobles palabras que os oí pronunciar esta mañana hubieran bastado para ello. Pero ya no puedo amaros más. Toda la afección que en mí conservaba —y tenía mucha afección, John— os la he dado, como merecéis, hace tiempo, mucho tiempo, y no puedo daros más. ¡Ahora, abrazadme, John mío! ¡Esta es mi casa, John, y no penséis jamás, jamás, en hacérmela abandonar para enviarme a otra!

Jamás sentiréis, al ver una mujer en brazos de su marido, el placer que hubierais experimentado al contemplar a Dot corriendo hacia los brazos del mandadero. Fue la más completa, la más ingenua, la más franca escena de ternura y emoción de que podáis ser testigos durante toda vuestra vida.

Podéis estar seguros de que John se hallaba en un estado de éxtasis indecible, así como también de que a Dot le sucedía lo mismo, y de que todo el mundo se sentía felicísimo, incluso miss Slowboy, que lloraba de alegría, y que, deseando hacer partícipe del cambio general de felicitaciones al chiquitín, le presentaba sucesivamente, por riguroso turno, a cada uno de los asistentes, exactamente igual que si se hubiese tratado de una bandeja de refrescos.

Pero un nuevo rumor de ruedas se oyó al exterior, y alguien gritó que Gruff y Tackleton volvía. Y en seguida, el digno caballero apareció con el rostro inflamado y lleno de emoción.

—Veamos: ¿qué diablos ocurre, John Peerybingle? —preguntó al entrar—. Es preciso que haya algún error en todo este asunto. He citado para la iglesia a la señora Tackleton, y juraría que nos hemos cruzado por el camino, cuando ella venía hacia aquí. ¡Pero si está con vosotros! Os suplico que me dispenséis, caballero, no tengo el honor de conoceros; pero por si queréis hacerme el favor de dejar en paz a esta señorita, os advierto que tiene un compromiso formal para esta mañana.

—Pues no señor, no tengo el menor deseo de dejárosla —respondió Eduardo—. No pienso tal cosa.

—¿Qué queréis decir, vagabundo? —repuso Tackleton.

—Quiero decir —respondió sonriendo su interlocutor—, que os perdono vuestro mal humor, porque conozco que estáis exasperado; por esta mañana permaneceré sordo a vuestras frases groseras, del mismo modo que ayer por la noche lo estaba para todas las frases que se pronunciasen, fuesen las que fuesen.

¡Qué mirada le lanzó Tackleton, y cómo tembló!

—Siento en el alma, caballero —prosiguió aquél reteniendo la mano izquierda de May, y sobre todo su dedo del corazón—, y con particularísimo sentimiento, que esta señorita no pueda acompañaros a la iglesia; pero como ya ha estado en ella una vez esta mañana, supongo que la excusaréis.

Tackleton miró con fijeza el dedo del corazón de May y sacó del bolsillo de su chaleco un pedacito de papel de estaño, que, a juzgar por las apariencias, contenía un anillo.

—Miss Slowboy —dijo—, ¿tendréis la bondad de echar esto al fuego? Gracias.

—Notadlo —prosiguió Eduardo—, se trata de un compromiso anterior al vuestro, un compromiso muy antiguo que ha impedido a mi mujer su asistencia a la cita que le habéis dado.

—El señor Tackleton me hará la justicia de reconocer que le había confiado mi situación con toda fidelidad, y que más de una vez —añadió May ruborizándose— le he dicho que me sería imposible olvidar nunca a Eduardo.

—Ciertamente —asintió Tackleton—, ciertamente. Es justísimo; nada hay que añadir. ¿Sois el señor Eduardo Plummer, no es así?

—Este es mi nombre —respondió el recién casado.

—No os hubiera reconocido, caballero —dijo Tackleton examinándole con mirada inquisitorial y saludándole profundamente—; os doy la enhorabuena, caballero.

—Gracias.

—Señora Peerybingle —añadió Tackleton volviéndose súbitamente hacia el lado en que permanecían Dot y su marido—; nunca me habéis tratado con benevolencia, pero he de confesar valéis más de lo que creía. John Peerybingle, dispensadme. Me comprendéis; esto me basta. No hay nada más que decir, caballeros y señoras. Todo está perfectamente. Adiós.

Después de haber pronunciado estas palabras, partió sin más ceremonia; sólo se detuvo un instante junto a la puerta para despojar la cabeza de su caballo de las cintas y flores que la adornaban, y darle al pobre animal un violento puntapié, sin duda con el fin de anunciarle que había surgido algún obstáculo en el curso de los acontecimientos.

VI

Y que no habían de permanecer ociosos ni un solo instante, porque debían pensar seriamente en celebrar aquel día de modo que dejase una estela eterna en el calendario de fiestas y regocijos de la casa Peerybingle. De modo que Dot se puso a la obra para preparar un festín que cubriese de honor inmortal a su hogar y a los interesados. En un abrir y cerrar de ojos hundió sus brazos en la harina hasta el codo, incluyendo los deliciosos hoyuelos y procurándose el maligno placer de blanquear el vestido de John cada vez que este se acercaba demasiado, deteniéndola para darle un beso. John lavó las legumbres, mondó los nabos, rompió los platos, derribó las marmitas de hierro llenas de agua fría sobre el fuego, y en resumen, se hizo útil por todos los medios imaginables, mientras que una pareja de ayudantas, llamadas a toda prisa de algunos lugares del vecindario, daban contra todas las puertas y chocaban en todos los rincones. En cuanto a Tilly Slowboy, con el niño en brazos, todo el mundo podía estar seguro de encontrarla donde quiera que fuese. Tilly no había dado nunca hasta entonces tales muestras de actividad; se multiplicaba prodigiosamente y su ubicuidad era

187

objeto de la admiración general. Se la hallaba en el corredor a las dos veinticinco minutos, como escollo para los que entraban; en la cocina a las dos cincuenta minutos, a modo de trampa; en el granero, como un armadijo, a las tres menos veinticinco minutos. La cabeza del chiquitín ejerció de piedra de toque respecto de toda materia animal, vegetal o mineral que tuviese a su alcance, o, por mejor decir, no estuvieron aquel día en movimiento personas, muebles ni utensilios que no trabasen en un momento dado íntima amistad con la cabeza del niño.

Luego se formó una gran expedición destinada a ir a buscar a la señora Fielding para darle conmovedoras muestras de pesar por su ausencia, y conducirla, de grado o por fuerza, a sentirse feliz y a perdonarlo todo. Y cuando la expedición exploradora hizo su primer reconocimiento, la señora Fielding no quiso oír ni una palabra al principio; repitió un número incalculable de veces que había vivido hasta entonces con el único fin de llegar hasta aquel día; que no se le pidiese nada más; que sólo debían conducirla a la tumba, cosa que parecía absurda porque estaba viva, y muy viva; y al cabo de algún tiempo cayó en un estado de tranquilidad de mal augurio, y observó que en la época de la famosa catástrofe ocurrida en el comercio de índigo, había previsto ya que durante toda su vida quedaría expuesta a toda clase de insultos y ultrajes; que, por lo tanto, no se extrañaba de lo ocurrido, y que suplicaba que nadie se ocupase de ella en lo más mínimo — ¿qué era ella en realidad? ¡Dios mío, nada! ¡Un cero a la izquierda!—. Y, por fin, que procurasen olvidar que una criatura tan mísera hubiese existido, y que todo el mundo siguiese su camino como si ella no hubiese vivido jamás.

Pasando de este tono amargo y sarcástico a un lenguaje inspirado por la cólera, hizo escuchar la notable frase siguiente: «Que el vil gusanillo se yergue cuando le pisan»; después de lo cual expresó un tiernísimo pesar. Si siquiera hubiesen depositado su confianza en ella, ¡qué ideas tan distintas le hubieran sugerido!

Aprovechándose de esta crisis operada en sus sentimientos, la expedición la abrazó; entonces la señora Fielding se puso los guantes y se dirigió a casa de John Peerybingle con actitud irreprochable, como mujer de mundo, llevando en la cintura, envuelto en un papel, un gorro de ceremonia, casi tan alto y seguramente tan rígido como una mitra.

El padre y la madre de Dot, que debían acudir en otro carruaje, tardaban más de lo regular; hubo alguna inquietud y se miró con frecuencia la calle por si se les veía. May Fielding miraba siempre desde un punto de vista opuesto al de todos y en dirección moralmente imposible; y cuando se lo hacían notar, decía creer que podía tomarse la libertad de mirar donde mejor le pareciera. Por fin llegaron los dos; formaban una parejita gordinflona que andaba a buen paso, menudo y firme, verdadera señal peculiar de la familia Dot. Dot se parecía muchísimo a su madre.

Entonces la madre de Dot tuvo que entablar nueva amistad con la madre de May; esta se daba continuamente aires de soberana, mientras que la madre de Dot no hacía más que mover sus ligeros piececitos. Y el viejo Dot —quiero decir, el padre de Dot; he olvidado su verdadero nombre, pero no importa— se tomaba ciertas libertades con respecto a la señora Fielding; estrecholе la mano inmediatamente, sin gran reverencia hacia el gorro de ceremonia, en el cual no pareció hallar más que una mezcla de engrudo y muselina, y no manifestó la menor sensibilidad hacia la catástrofe del índigo, en vista de que no podía remediarse ya; en resumen: según la definición de la señora Fielding, era un hombre bonachón, ¡pero tan grosero!...

Por nada del mundo quisiera olvidar a Dot, que hacía los honores de la casa con su traje de boda. ¡Bendito sea su lindo semblante! Tampoco me olvidaré del mandadero, que tan jovial y tan rubicundo se sentó a la cabecera de la mesa, ni del moreno y audaz piloto, ni de su graciosa mujer, ni de ningún otro convidado. En cuanto a la comida, sentiría mucho no poder hablar de su esplendidez. Nunca se ha saboreado comida tan substanciosa y apetitosa, y no dejaré de mencionar los rebosantes vasos que se hicieron chocar en honor de las bodas; olvido que sería indudablemente el peor de todos.

Después de la comida, Caleb entonó su canción báquica en honor del vino espumoso. Y la cantó durante todo el resto del año, creedme.

Y casualmente ocurrió, en el mismo instante en que Caleb terminaba la canción, un incidente imprevisto.

Llamaron ligeramente a la puerta; un hombre entró vacilando sin decir «con vuestro permiso», o «¿se puede?» Llevaba algo muy pesado en la cabeza y dejó su fardo en el centro de la mesa, sin desordenar su simetría, en medio de las manzanas y las nueces.

—El señor Tackleton —dijo— os saluda, y como no necesita para él la torta de boda, supone que le haréis el honor de comérosla.

Después de haber pronunciado estas palabras se fue.

Todo el mundo quedó algo sorprendido,

como podéis suponer. La señora Fielding, que era persona de infinito discernimiento, insinuó que la torta estaba envenenada y contó la historia de cierta torta que había amoratado a todo un colegio de señoritas; pero unánimes reclamaciones decidieron el sitio de la plaza. May hundió el cuchillo en la torta, muy ceremoniosamente y entre la alegría general.

No creo que nadie la hubiese probado aún, cuando alguien golpeó de nuevo la puerta; abrieron, y compareció el mismo hombre, que traía bajo el brazo un enorme paquete envuelto en papel de estraza.

—El señor Tackleton os saluda y os envía estos juguetes para el chiquitín. No son mezquinos.

Y dicho esto, se retiró como la primera vez.

Gran dificultad hubieran experimentado los concurrentes para hallar palabras apropiadas con que expresar su asombro, aunque hubiesen tenido más tiempo para buscarlas. Pero no pudieron tomárselo, porque apenas el enviado cerró la puerta, sonó un tercer golpe, y el mismo Tackleton penetró en la casa.

—Señora Peerybingle —dijo el comerciante de juguetes con el sombrero en la mano—: siento mucho lo ocurrido, mucho más de lo que lo he sentido esta mañana. He pensado largamente en ello, John Peerybingle; mi carácter es bastante malo por naturaleza; pero no puede menos de mejorarse un tanto al lado de un hombre como vos. Caleb, la niñera me dio inconscientemente ayer por la noche cierto consejo enigmático, cuya clave he podido hallar. Me sonrojo al pensar cuán fácil me hubiera sido asegurarme vuestro cariño y el de vuestra hija, y cuán idiota he sido al creerla idiota. Amigos míos —permitidme que os llame así—; mi casa está muy solitaria esta tarde. No tengo ni un solo grillo en mi hogar. Apiadaos de mi soledad y permitidme que permanezca en vuestra feliz compañía.

Al cabo de cinco minutos estuvo como en su propia casa. ¡Había que verle! ¡Cómo se las había arreglado toda su vida para disimular en tanto tiempo aquella inmensa jovialidad! ¡Oh, qué no habrían hecho las hadas para cambiarle de aquella manera!

—¡John! ¿Queréis mandarme, o no, esta noche, a casa de mis padres? —murmuró Dot en voz baja.

—¡Bien cerca había estado de disponerlo!

Sólo faltaba un ser viviente para completar el cuadro; pero llegó en un abrir y cerrar de ojos, sediento, muy alterado por la carrera que había hecho y procurando con inútiles esfuerzos meter la cabeza en el gollete demasiado estrecho de un cántaro. Había seguido el coche hasta el término del viaje, muy contrariado por la ausencia de su amo y prodigiosamente rebelde hacia el sustituto. Después de haber dado alguna vuelta por los alrededores del establo, había procurado inútilmente excitar al caballo a que volviese solo y por un acto positivo de rebelión se había tendido delante del fuego en la sala común del figón vecino. Pero cediendo súbitamente a la convicción de que el sustituto del honrado John no valía la pena de que se le tomase en serio, se levantó, le volvió la espalda y prosiguió el camino de su casa.

Luego empezó el baile. Me hubiera contentado con mencionar de un modo general esta diversión, sin decir ni una palabra más, si no tuviese algún motivo para suponer que fue un baile muy original y de carácter poco común. He aquí cómo se pusieron a la obra los concurrentes:

Eduardo, que era un muchacho bondadoso y francote, les había contado mil maravillas de los loros, las minas, los mejicanos, el oro en polvo, etc., cuando de pronto se le ocurrió la idea de saltar de la silla y proponer un baile, ya que el arpa de Berta estaba allí, y Berta la tocaba primorosamente. Dot —¡buena pieza!, ¡bastante hipocritona algunas veces!— pretendió que el tiempo del bailoteo había pasado para ella; pero yo presumo que la causa verdadera de su reserva fue que el mandadero fumaba su pipa, y ella prefería permanecer a su lado. Con este precedente, la señora Fielding no podía aceptar bailarín alguno, y quedó obligada a decir que el tiempo de la danza también había pasado para ella, y todos dijeron lo mismo, excepto May; May estaba pronta a bailar.

De modo que Eduardo y May se levantaron, entre el aplauso general, para bailar solos, y Berta tocó la pieza más arrebatadora de su repertorio.

Pues bien; creedme o no, apenas hubieron bailado cinco minutos, súbitamente el mandadero tira la pipa, coge a Dot por la cintura, se lanza en medio de la habitación y voltea rápidamente con ella haciendo piruetas, ora sobre los talones, ora sobre la punta del pie. Apenas les vio Tackleton, se deslizó suavemente hacia la señora Fielding, la cogió por la cintura y siguió el vaivén. Al notarlo el viejo Dot, se puso en pie y arrebató a la señora Dot en medio del grupo, poniéndose a su cabeza; Caleb, al verlos, tomó a miss Slowboy por ambas manos y partió en seguida con ella, y miss Slowboy, convencida por completo de que las únicas reglas de danza consisten en penetrar vivamente entre las demás parejas y ejecutar a su costa cierto número de choques más o menos violentos, se entregó a estos ejercicios con entusiasmo.

¡Escuchad! El grillo acompaña la música con su crrri... crrri... crrri... y el puchero zumba con todas sus fuerzas.

Pero ¿qué es esto? Mientras les escucho con vivísimo sentimiento de felicidad y me vuelvo hacia el lado de Dot para contemplar otra vez aquel semblante que tanto me gusta, Dot y los demás se han desvanecido en el aire y me han dejado solo. Un grillo canta en el hogar; un juguete, roto, yace en el suelo. No veo nada más.

Libros Mablaz

Ciencia Ficción y Fantasía

http://librosmablaz.com/

Libros Mablaz

CLÁSICOS de Ciencia Ficción recuperados

LM CLÁSICOS

http://librosmablaz.com/

Libros Mablaz

Narrativa — Relatos

/www.librosmablaz.com/